FOLIO JUNIOR
Les universels

Dans la même collection

L'Iliade
L'Odyssée
Héros de la mythologie grecque
Dieux de la mythologie grecque
Ancien Testament I
Tristan et Iseut
Récits, légendes et traditions du Coran

À paraître prochainement

Ancien Testament II

Collection dirigée par Claude Gutman

Présentation générale

Qu'ils soient nommés « fondateurs », « fondamentaux », « essentiels »..., certains livres ont eu une telle importance dans l'histoire des civilisations, à différents moments de leur existence, qu'il semble indispensable d'en proposer la lecture, permettant ainsi au lecteur de posséder les outils nécessaires pour déchiffrer le monde qui l'entoure. Si un « cheval de Troie » attaque son ordinateur, c'est que l'*Iliade* et l'*Odyssée* continuent toujours à nous solliciter.

Offrir ces textes universels, c'est mesurer le chemin parcouru depuis leur naissance, en revenant aux sources, pour montrer ce qu'ils étaient précisément, dépouillés de toutes les déformations subies par les siècles. C'est cesser de confondre les œuvres elles-mêmes avec les commentaires, histoires, légendes qui les accompagnent.

Nous retournerons donc aux textes, à leur authenticité chaque fois que nous le pourrons, sans nous interdire, s'il le faut, d'autres formes d'approches plus aptes à présenter ces textes universels à un vaste public. Nous nous fonderons, autant que faire se peut, sur les textes originaux (en hébreu, grec, latin, chinois...) dans des traductions nouvelles écrites dans un français contemporain et compréhensible. Ni savant, ni démagogique, dans le respect du lecteur et des œuvres, Folio Junior Les universels forme l'entreprise d'offrir à la lecture contemporaine des ouvrages parfois vieux de plusieurs milliers d'années et qui sont le socle de notre culture qu'on ne saurait limiter au monde occidental. Il est des « essentiels » comme la Bible ou le Coran... Il en est d'autres d'Asie, d'Amérique du Nord ou du Sud, des pays nordiques, d'Afrique... qui méritent tout autant d'attention. Nous ne nous interdisons aucune piste pour offrir aux lecteurs ces assises culturelles sans lesquelles nous ne serions pas qui nous sommes.

Notre volonté sera marquée par la simplicité, la lisibilité. Nous voulons donner envie de lire.

À celui qui voudrait approfondir ses savoirs, un cahier illustré - qui ne prétend à aucune exhaustivité - donnera quelques clés nécessaires pour décrypter les œuvres d'art qui l'entourent et qui sont nées de ces textes. Qu'en est-il de la peinture, de la littérature, de la sculpture, de la musique, du cinéma, de la publicité... issus de ces ouvrages qu'on croit arides, à tort ? Rien de rebutant, rien de pédant : juste quelques pistes pour aller plus loin. Si nous y parvenons, ce sera un pas fait vers les autres, leurs cultures, par le biais des textes. Se réapproprier son héritage culturel et s'ouvrir à celui des autres : un objectif à la fois modeste et ambitieux. C'est le pari de Folio Junior Les universels.

Claude Gutman

Dieux et héros des Romains

par Anne Bousselet

GALLIMARD JEUNESSE

Préface

Qui étaient les Romains ? On les a dits rustres. On les voyait comme des paysans sans imagination, des guerriers violents et primaires. N'étaient-ils que des hommes pragmatiques capables de légiférer à la perfection, d'élaborer des stratégies impeccables pour anéantir leurs ennemis ? En bref, avaient-ils une once de poésie quand même ? Savaient-ils inventer de belles histoires et imaginer des êtres surnaturels qui puissent les emporter loin de leur univers de tous les jours ? La question s'est longtemps posée. Et la réponse fut souvent du mépris à leur égard, surtout lorsqu'on les comparait aux Grecs, et qu'on leur préférait la poésie et le sens du merveilleux dont abonde la littérature grecque.

Il est vrai que l'on ne trouve pas dans les lettres latines de grande œuvre fondatrice très ancienne à l'instar de celle d'Homère, qui aurait été par la suite déclinée en des formes variées. On trouve des légendes, des histoires romancées, des bribes de mythes, mais réparties de façons diverses et inégales chez les historiens, les poètes, les écrivains de toute tendance. Tous les témoignages historiques, littéraires et archéologiques nous prouvent que des croyances, des rêves, et de l'imagination, les Romains n'en manquaient pas. On peut dire que les fables, les dieux et les héros hantaient leurs esprits et leur faisaient accomplir de multiples gestes, du plus infime au plus spectaculaire, qui révélaient un sens véritable du rêve et de l'imagination.

Il serait fastidieux d'énumérer des sources aussi nombreuses qu'inégales, et il serait difficile de faire une somme de tous les récits mythologiques qui intéressaient les Romains et qui nous sont parvenus en abondance. Il semble préférable de se laisser aller à la lecture des grands épisodes marquants de l'histoire, de la mythologie, et de la religion, et retrouver ainsi de façon concrète les événements importants de l'univers imaginaire des Romains. C'est peut-être ainsi que l'on comprendra mieux la mentalité de ce peuple finalement si proche du nôtre et si important dans l'histoire de l'Occident.

Empire étrusque
Cités grecques
Gaulois
Étrusques
Vénètes
PÔ
Ligures
Illyriens
ARNO
Ombriens
MER ADRIATIQUE
Étrusques
Sabins
TIBRE
TARQUINIA
Herniques
Latins
ROME
Samnites
Volsques
CUMES
Osques
VÉSUVE
POSÉIDONIA
Lucaniens
Sardes
MER TYRRHÉNIENNE
MER MÉDITERRANÉE
Sicanes
Sicules
ETNA
Puniques
0
100
200 KM

Chronologie

I. TEMPS MYTHIQUES

II. ROYAUTÉ 753-509

Principaux rois :

Romulus
Numa Pompilius (sabin)
Tullus Hostilius (romain)
Ancus Martius (sabin)
Tarquin l'Ancien (étrusque)
Servius Tullius (étrusque)
Tarquin le Superbe (étrusque)

III. RÉPUBLIQUE 509-27

Événements :

509-264 : guerres puniques (contre Carthage)
494 : sécession de la plèbe
491 : guerres contre les Èques, les Volsques, les Sabins
400-396 : guerres contre les Étrusques
390 : invasion des Gaulois
146-78 : luttes sociales à Rome (les Gracques, Marius, Sylla)
78-48 : César et Pompée
48-30 : dictature de César
Octave, Antoine

IV. EMPIRE

30-96 Les douze Césars :

Jules César : 49-44
Auguste : 27-14 après Jésus-Christ
Tibère : 14-37
Caligula : 37-41
Claude : 41-54
Néron : 54-67
Galba : 68-69
Othon : 69
Vitellius : 69
Vespasien : 69-79
Titus : 79-81
Domitien : 81-96

96-192 Les Antonins :

Nerva (96-98), Trajan (98-117), Hadrien (117-138), Antonin (138-161), Marc Aurèle (161-180), Commode (180-192)
253 : partage de l'empire d'Orient et d'Occident
395 : partage définitif des deux empires

PARTIE I

TEMPS ANCIENS, ANCIENS DIEUX

Les histoires présentées dans cette partie figurent dans un temps mythique, c'est-à-dire non historique. On ne peut les dater, elles appartiennent à l'imaginaire collectif. Les poètes latins ont évoqué des bribes de ces histoires tandis que des historiens antiques ont essayé, à partir des récits qu'ils ont pu recueillir, d'éclairer leurs contemporains sur ces temps légendaires. Des mythographes plus récents, chargés de comprendre les mythes anciens, ont reconstitué la vie des plus anciens dieux romains et c'est ainsi, grâce à ces sources, que l'on peut se plaire à imaginer les légendes de Janus, Saturne, Faunus, Évandre.

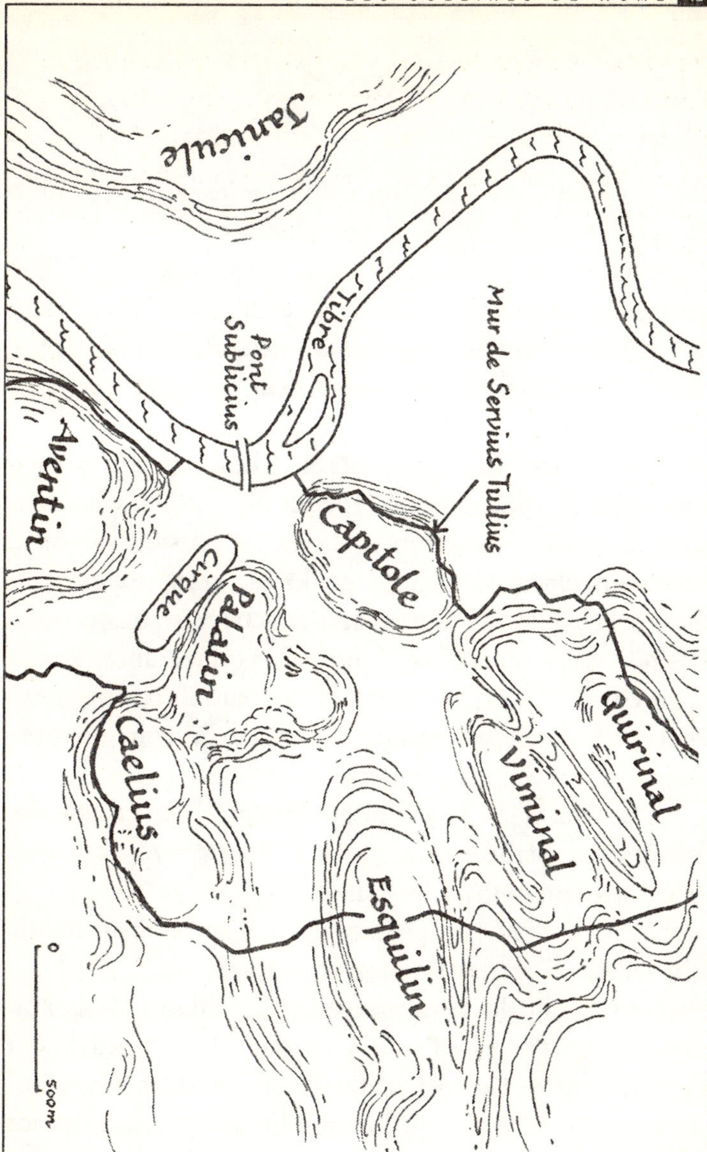
Janicule
Tibre
Pont
Sublicius
Mur de Servius Tullius
Aventin
Cirque
Palatin
Capitole
Quirinal
Viminal
Caelius
Esquilin
0
500m

Janus

On peut s'adresser à Janus pour ouvrir les portes et entrer dans le monde des légendes romaines.

Janus est un des dieux les plus anciens de Rome. Son visage est double, comme sont à double face les portes. Janus voit devant lui, derrière lui, dedans, dehors, le présent, le passé. Deux paires d'yeux, deux nez, quatre oreilles, rien ne peut lui échapper !

Il arriva un jour de la lointaine Thessalie, la province grecque aux mille chevaux. Il était fils du dieu Chaos, le dieu de l'origine du monde et de la confusion. De cette confusion, il a gardé son visage double, composé de deux faces collées l'une à l'autre, et son caractère : indécis, confus, hésitant entre un côté ou l'autre. Il évoque l'univers avec d'un côté l'Orient, de l'autre l'Occident. Et il représente également la sagesse puisque le passé et l'avenir sont présents à la fois et en permanence à ses yeux.

Janus trouva la région italique agréable, et s'installa dès lors sur une petite colline non loin d'un fleuve. Cette colline porte son nom : le Janicule.

Ce dieu fut toujours protégé par le dieu Soleil lui-même qui veillait à l'origine du monde et des choses.

Janus établit alors une merveilleuse civilisation que l'on appela l'âge d'or, avec l'aide de ses deux enfants nés de son épouse Juturne. Celle-ci était une nymphe des sources, qui savait guérir les hommes du moindre de leurs maux, grâce à de l'eau miraculeuse qui surgissait du sol de l'autre côté de la rivière. Tiberinus, fils de Janus et de Juturne, habitait le fleuve, auquel il donna son nom : le Tibre. Fontus, leur deuxième fils, faisait jaillir les sources partout où il en avait envie.

Du soleil, de l'eau, des terres, de quoi construire une vie paradisiaque, surtout quand on s'appelle Janus, qu'on sait imaginer bien des commencements et avoir une foule de bonnes idées. Car le dieu des portes est aussi le dieu des débuts, un entrepreneur, un innovateur. C'est pourquoi les Romains devaient l'invoquer au début de chaque entreprise : une affaire commerciale, un mariage, un achat d'esclave, un déménagement, bref, avant chaque négociation quelle qu'elle fût, une petite prière à Janus s'imposait ! Janus sut donc très bien s'y prendre pour inventer une nouvelle civilisation. Voici quelques-unes de ses bonnes idées. Le fleuve ? Si l'on y circulait jusqu'à la mer en construisant des embarcations ? La terre ? Et si on la cultivait vraiment plutôt que vivoter péniblement comme ces pauvres paysans qui peuplaient la région ? Et si l'on instituait quelques lois pour régler tout cela ? Et si l'on inventait même la monnaie pour mieux échanger les marchandises ? Toutes ces idées sont très certainement nées de l'esprit inventif de Janus : d'ailleurs, en souvenir de cela, c'est son curieux visage double qui figurait sur les pièces de monnaie romaines[1]. Janus était donc un dieu bienfaisant par excellence. Car toutes ses actions, même les pires, se

1→ Voir la reproduction, p. 2 du cahier iconographique.

sont toujours transformées en bien. Ainsi en est-il de cette peu glorieuse aventure avec la jolie nymphe Crana. Cette dernière en effet se baignait un jour dans sa source préférée (le mot grec *krana* signifie « source ») lorsque Janus l'aperçut. Il s'éprit d'elle; mais elle demeurait insensible à ses avances, et surtout fidèle au vœu de chasteté qu'elle avait formé. Lorsque Janus l'aperçut au bain, Crana, comme elle le faisait avec tous ses amoureux, s'enfuit dans les bois, entraînant à sa poursuite le dieu. Il en devenait fou. Elle se cachait derrière les arbres, réapparaissait, puis disparaissait de nouveau dans les sources. Il était généralement impossible de la retrouver. Cette course-poursuite avait mis Janus hors de lui. Aussi, lorsqu'il la vit enfin derrière un rocher, il parvint à se jeter sur elle et lui fit violence. Il abusa d'elle. Cependant, il en ressentit des remords, et, piètre compensation mais compensation tout de même à sa mauvaise action, il lui fit un don remarquable. Elle reçut les pleins pouvoirs sur les gonds des portes. D'un coup de baguette d'aubépine en fleurs, elle pouvait dissiper les maléfices qui obstruaient les ouvertures[1].

Janus, l'ancien dieu, fut donc bienfaisant : un dieu de la communication entre la terre, la mer et les hommes, le protecteur des ports, un dieu médiatique en quelque sorte, peut-être le premier chef d'entreprise de l'Italie !

Bien sûr, en tant que père fondateur de la civilisation romaine, on lui devait des honneurs. On lui bâtit un

1• Les Romains, très superstitieux, pensaient qu'une porte qui grinçait était mauvais signe.

temple magnifique. Si jamais une guerre éclatait (ce fut très fréquent chez les Romains !), on prenait soin de laisser ouvertes les portes de ce temple afin que le dieu puisse sortir rapidement, et intervenir en faveur de son peuple en chassant les ennemis par quelque prodige merveilleux ou terrifiant : donner de grands coups de baguette pour disperser les importuns par exemple, ou faire jaillir subitement une source d'eau chaude sous les pieds des assaillants. (Ainsi fit-il lorsque les Sabins tentèrent d'envahir Rome[1]. Alors qu'ils grimpaient la pente de la colline du Capitole, un jet d'eau bouillante sortit soudain du sol. Les Sabins, épouvantés, s'enfuirent à toutes jambes[2].)

Des cadeaux, Janus en a donc beaucoup donné aux Romains. De là peut-être cette coutume qu'avaient nos anciens de s'offrir mutuellement le premier jour de la nouvelle année, au mois de janvier, qui était le mois de Janus[3], des friandises ou petits présents qui s'appelaient en latin *strenae*, c'est-à-dire « étrennes ».

Cette période merveilleuse, l'âge d'or, ne s'arrêta fort heureusement pas là. Car Janus accueillit à son tour un deuxième célèbre voyageur : Saturne.

1→ Les Sabins, peuple voisin (voir la carte, p. 35), tentèrent cette prise de Rome vers 700 av. J.-C., date légendaire.

2→ Il faut remarquer que durant toute l'histoire de Rome, le temple de Janus ne fut fermé que deux fois, c'est dire combien les Romains connurent de guerres.

3→ L'année commença au mois de janvier à partir de César en 46 av. J.-C. Auparavant, l'année commençait au mois de mars, au printemps. Mais le mois de janvier et ses étrennes existaient déjà !

Saturne

Saturne venait lui aussi de loin; de très loin, de très haut d'ailleurs! Il trônait sur l'Olympe, la résidence des dieux, quand Jupiter, épris de pouvoir, l'en chassa. (On identifie Saturne à Cronos, le dieu des commencements de l'humanité dans la mythologie grecque.) Saturne erra longtemps, se cacha un moment dans le Latium[1] (on peut expliquer le nom de cette région, le Latium, par le verbe *latuerat*, qui signifie « il s'était caché »), puis il arriva chez Janus. Celui-ci l'accueillit favorablement. Saturne fonda alors le village de Saturnia sur la colline du Capitole[2].

Saturne, grand et bon, continua l'œuvre civilisatrice de Janus. Avec sa faucille (ainsi qu'on le représente) qui lui servait à cultiver la vigne, cette plante fabuleuse qui permet de voir la vie en rose et en or, il prolongea l'âge d'or, âge merveilleux puisqu'on ne se mit à travailler que pour le plaisir! Car personne jusque-là ne savait ce qu'était le travail. En effet, le sol fournissait de lui-même les produits nécessaires à la subsistance. Légumes et fruits poussaient tout seuls et suffisaient à garantir une existence heureuse. Si l'on voulait se vêtir, les moutons apportaient d'eux-mêmes la laine, et précisément de la couleur que l'on souhaitait. Les hommes ignoraient le mal, ils s'appréciaient les

1→ Voir la carte de la région, p. 35.
2→ L'une des sept collines de Rome, et la plus importante (voir la carte de Rome, p. 15).

uns les autres, ils ne tuaient pas, ils ne chassaient pas. L'entente était parfaite dans un monde où la propriété n'existait pas. Point de saison, bien sûr ! Le printemps était éternel, le bonheur aussi…

C'est à un paysan nommé Iscarios que Saturne transmit particulièrement l'art de faire du vin. Ce serait un art, non un travail ! Ce serait pour le plaisir et pas par nécessité. Il lui enseigna les techniques nécessaires et lui donna quelques grains de raisin. Iscarios sema, planta, récolta les grappes, les pressa, recueillit le vin et en offrit à ses voisins. Ceux-ci goûtèrent le divin breuvage, en regoûtèrent, et en abusèrent tant que, dans leur ivresse, ils se crurent empoisonnés ! Épouvantés, ils se mirent alors à lapider à mort le protégé de Saturne. Le dieu, ulcéré de la bêtise des hommes, dans sa grande colère, déclencha la terrible arme divine : l'épidémie ! La maladie commençait à faire de nombreuses victimes dans cette population de paysans. Comment apaiser le dieu ? En lui faisant un cadeau, bien sûr : on lui construisit un beau temple placé au pied du Capitole. Au sein de ce temple se trouvait la statue du dieu. Elle était creuse et remplie d'huile d'olive, symbole de la fertilité du Latium où poussaient les oliviers. Et l'épidémie cessa.

Dès lors, on consacra à Saturne des journées de fêtes spéciales, les saturnales[1], des fêtes où tout était permis : l'ivresse, l'orgie, le bouleversement des classes sociales.

1→ Elles avaient lieu au dixième mois de l'ancien calendrier (voir le calendrier en annexe, p. 171).

Comme dans les carnavals, les maîtres se déguisaient en esclaves, les esclaves en maîtres, les pauvres en riches, les hommes en femmes, les femmes en hommes, et tous de rire, de chanter, de danser, et de boire surtout ! Ensemble, on faisait la fête de décembre !

Faunus

En ces temps très anciens, une autre divinité se promenait dans les parages : Faunus. Amoureux des coins sauvages, il menait les troupeaux sur sa colline préférée : le Palatin[1], en jouant de la musique, de la flûte essentiellement. Cet instrument était fabriqué en tiges de roseau. Le son en était mélodieux et champêtre et s'harmonisait parfaitement avec le chant des oiseaux. La mission de Faunus était de protéger les bergers et leurs troupeaux. On dit qu'il était petit, robuste, barbu, vêtu d'une peau de chèvre, que ses pieds étaient des sabots de bouc ; il était un peu ridicule peut-être, grotesque, mais si joyeux et farceur qu'on pouvait lui pardonner sa laideur.

Faunus était d'une famille notable : son père, Picus, est devenu célèbre en raison d'une aventure avec la magicienne Circé. Circé exerçait ses charmes dans tout le Bassin méditerranéen. Depuis son île d'Area, au sud de l'Italie, elle repérait les beaux mortels, les héros courageux, et tentait de les séduire. Ainsi fit-elle, en d'autres temps, avec le célèbre Ulysse ou Glaucos, un dieu marin. Picus lui plut alors aussi. Mais il demeurait totalement insensible à ses charmes. Pourtant ceux-ci étaient puissants : elle pouvait apparaître sous les formes les plus séduisantes, métamorphoser en animaux de toutes sortes ceux qui la gênaient et

1→ Une des sept collines de Rome (voir la carte de Rome, p. 15).

ses menaces étaient particulièrement convaincantes même pour les plus récalcitrants, elle était donc généralement irrésistible ! Mais avec Picus, rien à faire.

La femme-sœur de Picus (dans les temps mythologiques, les données familiales étaient un peu confuses !), appelée Fauna, fut aussi honorée particulièrement par les Romains. On raconte que, très pudique, elle n'osait jamais sortir de sa chambre. Un jour, quelque mauvaise servante lui offrit à boire un délicieux breuvage : c'était du vin. Et Fauna s'enivra. Son mari la découvrit dans un état tel que, outré, il la fouetta avec un bâton de myrte (les maris avaient des droits sur leurs épouses en ce temps-là !). Il usa si fort de ce droit qu'elle en mourut. Faunus, pris de remords, lui accorda les honneurs divins. Dès lors, les Romains lui rendirent un culte sous le nom de *Bona Dea*, la « Bonne Déesse ». On ne devait jamais prononcer son nom (Fauna) sous peine de subir quelque malheur. Dans les temps les plus anciens, une cérémonie annuelle se déroulait dans un bois sacré. Plus tard, à l'époque de la république, le palais du grand pontife[1] servait de lieu de rencontres pour les célébrantes. Car seules les femmes avaient le droit de célébrer ces mystères, en secret bien sûr, et loin du regard des hommes. C'étaient des prêtresses, les *vestales*[2], qui présidaient aux cérémonies de la *Bona Dea*. Jamais un homme ne devait pénétrer dans cette demeure, le jour de la fête, au début du mois de décembre. Une

1→ Grand prêtre de Rome (voir p. 173).
2→ Prêtresses consacrées à Vesta (voir le chapitre « Les autres dieux de la cité », p. 134).

intrusion masculine aurait constitué un sacrilège tout à fait odieux. Or, un jour, au Ier siècle avant Jésus-Christ, un certain Clodius fut pris d'une curiosité sans pareille pour ces fêtes mystérieuses. Il se déguisa en femme pour assister à la fête interdite aux hommes et s'introduisit dans la demeure du grand pontife où Pompilia, sa maîtresse, femme de Jules César lui-même, alors premier consul, pratiquait avec ses compagnes le culte secret. Sacrilège ! Trahi par sa voix masculine, il fut découvert ! Ce fut un scandale énorme et Clodius eut un procès retentissant auquel participa le célèbre orateur Cicéron. (Curieusement, il gagna son procès ; il avait dû corrompre quelques juges ! Même Jules César le soutint, car bien des intérêts étaient en jeu[1].)

Faunus, facétieux et toujours prêt à s'amuser, était très habile en tours de magie. Il réussit le prodige de démultiplier sa nature divine en une foule de sympathiques démons champêtres : les faunes. Ceux-ci, mi-hommes, mi-boucs, s'occupaient à poursuivre joyeusement les jeunes filles et les nymphes dans les bosquets. Ils furent vite associés à la notion de fécondité.

Obtenir la fécondité pour les femmes et les bêtes, voilà qui était important et qui nécessitait de rendre un vrai culte à Faunus. Aussi institua-t-on les *lupercales*, des fêtes qui avaient lieu en février, car ce mois était un mois de purification, faisant transition entre la fin de l'hiver et l'en-

1• Voir le discours *Pro Claudio*, in *Discours*, Cicéron, aux éditions Les Belles Lettres.

trée dans le printemps du mois de mars. (Le mot *Lupercus* signifiait « loup-cervier » et était un autre nom de Faunus.) Ces jours-là, douze prêtres, les *luperques,* exécutaient toutes sortes de rites magiques pour protéger les bergeries et écarter les loups. Ils commençaient par sacrifier des chèvres. Avec leur sang, ils dessinaient des traces sur leur front qu'ils essuyaient ensuite avec de la laine imbibée de lait. Ils devaient pousser un éclat de rire. Puis, purifiés ainsi par le sang et le lait, qui sont les symboles de la mort et de la naissance, ils parcouraient les rues de la ville quasiment nus, et frappaient avec des lanières en cuir de bouc tous ceux ou toutes celles qui désiraient des enfants, ou des troupeaux, ou de bonnes récoltes. Aussi se pressait-on sur leur chemin pour recevoir le coup de fouet bénéfique !

Obtenir des faveurs, c'est ce que l'on attendait des dieux ! Et sans doute Faunus répondait-il favorablement puisque son nom peut s'expliquer par le verbe *favet* : « il protège ».

Évandre et Hercule

Tout près de ces forêts sauvages où retentissaient les rires des faunes et les cris des nymphes, sur ce même mont Palatin, un village fut fondé par un certain Évandre. Voyageur lui aussi, Évandre venait d'Arcadie (région du Péloponnèse). Son nom grec signifiait l'« homme bon ». Il donna au village qu'il fonda le nom de Pallantée, d'après celui de son grand-père, roi d'Arcadie : Pallas. Si Évandre fut bien accueilli par Faunus et devint facilement son voisin, il dut cependant affronter Erylus, le roi de Préneste (village situé tout près du Latium[1]).

Ce roi était un géant terrifiant, doté de trois corps, et détestait les étrangers, chose exceptionnelle alors et de tout temps, car les Romains ont toujours apprécié les étrangers. Évandre, courageux et fort, vainquit le monstre en combat singulier et restitua à la région sa belle renommée de terre d'accueil.

Face aux peuplades encore grossières et incultes qui l'entouraient, Évandre comprit vite que l'âge d'or ne pourrait subsister que grâce à des progrès intellectuels et artistiques. Il ne suffisait plus d'être heureux en se nourrissant de cueillettes. Il fallait trouver moyen de maintenir entre les hommes une harmonie qui demeurait fragile ; car ceux-ci étaient vite tentés de s'arroger du pouvoir, d' écraser les

1→ Voir la carte, p. 35.

plus faibles… Évandre pensait que seuls les esprits éveillés intellectuellement, religieusement et artistiquement, pourraient vivre en paix. Sa mère, la nymphe Carmenta, était douée du don de prophétie. Elle était venue avec lui d'Arcadie. Elle possédait le *carmen*, c'est-à-dire le chant magique. Elle connaissait l'avenir, savait déchiffrer les signes, et c'est elle qui avait suggéré à Évandre l'emplacement du nouveau village du Latium. Comme elle lui avait transmis une grande piété, une grande sensibilité et de grandes connaissances, il en fit profiter son peuple, à qui il enseigna l'écriture et la musique. Évandre institua de très nombreuses fêtes religieuses. Ainsi, quand Hercule[1] vint à passer dans la région, incognito, Évandre fut le seul à deviner la nature divine du héros. Il estima qu'un pareil demi-dieu méritait des hommages particuliers et fonda alors le culte du grand autel (*Ara Maxima*), culte spécialement dédié à Hercule. Le grand autel fut placé entre le mont Palatin et le mont Aventin[2].

Hercule avait donc rencontré Évandre. Identifié à Héraclès, le héros grec, il fut un héros important dans cette contrée accueillante. En effet, pour accomplir son dixième travail, il s'était rendu de l'autre côté du détroit de Gibraltar, dans l'île d'Érythie, pour récupérer les bœufs de Géryon. Géryon était un autre géant à trois têtes. Son troupeau de vaches, bœufs, taureaux était d'une taille exceptionnelle et d'une fécondité surnaturelle. Aussi le

1→ Le héros célèbre des douze travaux.
2→ Voir la carte de la ville, p. 15.

commanditaire des travaux souhaitait-il les posséder et envoya-t-il Hercule s'en emparer. Le héros tua sans problème le terrible géant, d'un coup de massue, son arme célèbre et infaillible, et ramena les bestiaux en Grèce au terme d'un long voyage. Ce périple commença dans la nacelle du Soleil pour franchir le détroit de Gibraltar. Du haut de la nacelle, Hercule menaçait l'Océan s'il ne s'assagissait pas pour le laisser passer. Il put alors débarquer en Ibérie (Espagne) et traversa la Gaule narbonnaise. Sur son chemin, sous ses pas et ceux de son troupeau, les arbres s'abattirent, les montagnes s'aplanirent, ce qui traça une véritable route jusqu'à l'Italie. On appela cette « autoroute » du Sud la voie Héracléenne. Arrivé dans le Latium, Hercule accepta l'hospitalité d'Évandre pour se reposer et séjourna un moment chez lui.

Or, à l'époque, dans une sombre grotte de l'Aventin, vivait Cacus, un monstre à trois têtes qui, de ses trois bouches, soufflait le feu que lui communiquait Vulcain[1], son père. Cacus était cupide, voleur, méchant. Il observait de son antre le troupeau qu'Hercule avait laissé paître dans un pré le long du Tibre (à l'emplacement de ce qui sera le *Forum Boarium*, c'est-à-dire la « place aux bœufs », et où l'on érigera la statue d'un bovin en bronze). Le soir venu, Cacus s'empara de quatre vaches et quatre bœufs. Il les tira par la queue pour tromper leur propriétaire sur leur destination en les faisant marcher à reculons. Mais,

1• Dieu du feu et des forges.

averti par des beuglements, Hercule découvrit très vite le vol et le voleur. Il suffisait de suivre les traces à l'envers ! Il se jeta sans hésitation sur le géant et, brandissant son énorme et célèbre massue, il massacra les trois têtes de Cacus. Mais ce terrible combat lui donna bien soif. Non loin de là coulait une source sacrée, au fond du bois consacré à la *Bona Dea*. Seules les femmes y avaient accès. Elles étaient en train de célébrer les mystères. Hercule s'approcha, mais il se vit impitoyablement refuser l'accès à l'eau sainte, tout Hercule qu'il était ! Furieux, il décida à son tour d'interdire aux femmes l'accès à son propre sanctuaire. Aucune femme désormais ne célébrerait la force et la virilité du célèbre héros ! Même le nom d'Hercule ne devait pas être prononcé par les femmes. Si jamais l'on entendait une femme s'écrier *Hercle !* (« Par Hercule ! »), juron exclusivement masculin, c'est sans doute qu'elle était en état d'ivresse avancée !

Évandre remercia vivement Hercule d'avoir débarrassé le pays du monstre et institua pour lui ce culte qui traversa les siècles, le culte de l'*Ara Maxima*. Ce culte était très pratique car on offrait des sacrifices tous les jours. Le Romain désireux de s'attirer la faveur d'Hercule allait acheter un bovin chez les marchands installés tout près, le conduisait aux prêtres qui préparaient la bête selon le rite : des bandelettes sacrées autour des oreilles et de la tête, de la farine répandue sur son front, puis une mise à mort au couteau. Enfin, les haruspices, prêtres spécialistes en entrailles en tout genre, observaient les viscères, annonçaient l'avenir, et sans doute répondaient à la question de l'homme qui offrait le sacrifice. Comme il était ordonné de manger immédiatement la viande sacrifiée, on peut imaginer combien ces sacrifices étaient fréquents. Les hommes se bousculaient alors : nombreux étaient ceux qui, en mesure d'acheter un veau ou une vache, avaient toujours une petite question à poser au dieu ! Consulter Hercule valait bien un bon morceau de bœuf.

Après la mort d'Évandre, on le remercia de ses bienfaits en dressant un autel pour lui au pied de l'Aventin, symétrique d'un autre autel au pied du Capitole dédié à sa mère Carmenta, à l'endroit où elle fut ensevelie à sa mort, à l'âge de cent dix ans. Cet endroit marquera une des portes principales de la ville de Rome : la porte Carmentale.

PARTIE II

Naissance de la ville : Énée et Romulus

Énée appartient à la légende. Il apparaît surtout dans l'*Iliade* du poète grec Homère et dans quelques autres récits poétiques qui le montrent fuyant la ville de Troie en flammes et dévastée par les Grecs. Mais c'est essentiellement le poète latin Virgile qui a répandu la légende d'Énée, à une époque où, sur ordre de l'empereur Auguste, les poètes romains devaient participer à la célébration de la gloire de Rome. Faire d'Énée, ce Troyen illustre descendant de Vénus, l'ancêtre des Romains, c'était donner à Rome une origine divine et rappeler le fondement historique de son cosmopolitisme et de son goût pour le mélange des cultures. C'était surtout montrer la grandeur éternelle de la ville.

Avec Romulus, le lecteur entrera dans l'époque historique. Car c'est à partir de l'histoire de Romulus que l'on peut donner véritablement des dates aux événements qui se sont déroulés à Rome, dès les années 750 avant Jésus-Christ. Mais même si la situation de Rome peut figurer sur une échelle d'années réelles, bien des récits qui entourent la figure de Romulus sont légendaires. Entre vérité historique et récits enjolivés ou simplement inventés, on peut retrouver des épisodes parfois célèbres, parfois mineurs, mais qui peuvent aider à imaginer une époque lointaine mouvementée, et révélatrice des comportements des premiers Romains.

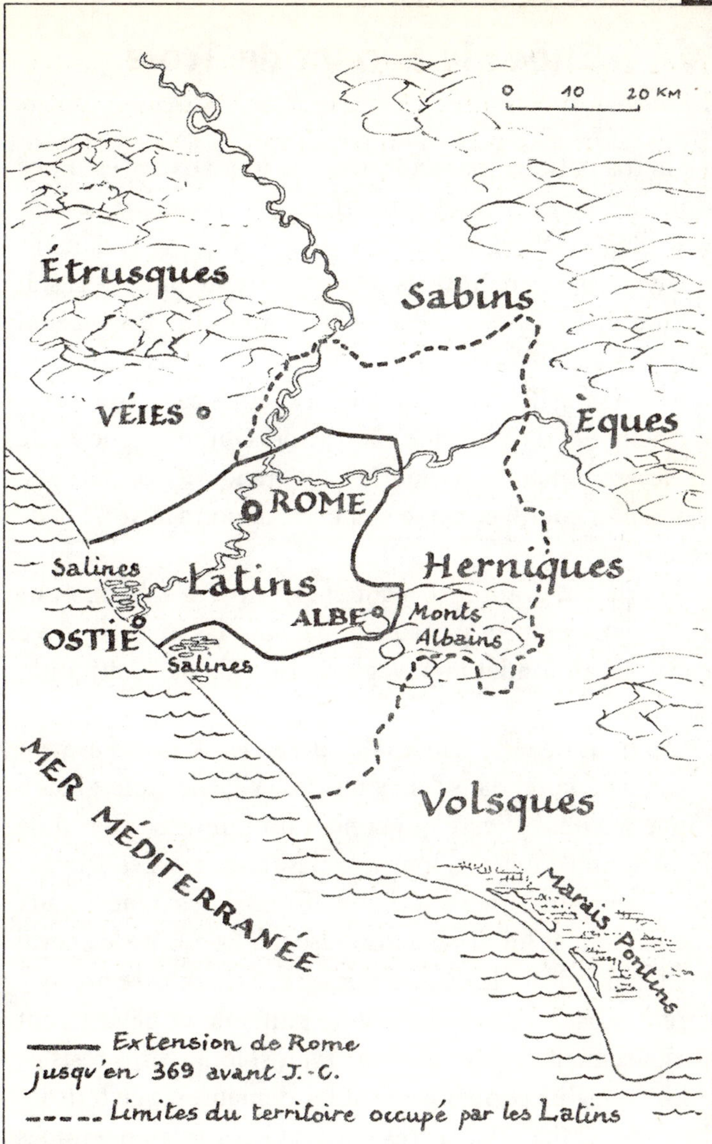
0 10 20 KM
Étrusques
Sabins
VÉIES
Èques
ROME
Herniques
Salines
Latins
ALBE
Monts
Albains
OSTIE
Salines
MER MÉDITERRANÉE
Volsques
Marais Pontins
Extension de Rome
jusqu'en 369 avant J.-C.
Limites du territoire occupé par les Latins

Énée : le départ de Troie

Le héros national par excellence, le fondateur, c'est Énée dont descend le peuple romain élu des dieux. Énée est un des plus célèbres voyageurs de l'Antiquité. À l'instar d'Ulysse, il a parcouru les mers et affronté mille périls. Il avait quitté la célèbre ville de Troie après le désastre subi face aux Achéens (les Grecs). Énée n'était pas n'importe qui ! Du sang divin coulait dans ses veines car il était le fils d'Anchise et d'Aphrodite elle-même. Durant la guerre de Troie il se comporta comme les plus grands héros, tout aussi vaillant et courageux que son compagnon Hector, fils de Priam.

Un destin grandiose avait été fixé par les dieux pour Énée : il ne mourut pas au combat sous les murs de Troie car il devait fonder la plus glorieuse ville de l'Antiquité : Rome.

Au bout de neuf années de guerre, les Achéens avaient réussi à pénétrer dans l'enceinte de la ville de Troie, grâce à l'ingéniosité d'Ulysse qui conçut un immense cheval de bois et l'introduisit à l'intérieur des remparts. Les Troyens pensèrent qu'il s'agissait d'une offrande des Achéens aux dieux et qu'ils lui devaient du respect. En réalité le cheval contenait une foule de guerriers grecs. Ceux-ci se précipitèrent ainsi au cœur de la ville ennemie et dévastèrent furieusement ce pays qui leur avait si longtemps résisté ! Alors que l'incendie ravageait les demeures, que tous les hommes étaient massacrés par les Grecs, que les femmes étaient faites captives par les guerriers achéens, Énée réussit à s'échapper. Devant lui, les flammes déchaînées s'écartaient, et, miraculeusement indemne, il gagna la forêt puis le rivage. Avec lui, quelques compagnons et amis fidèles, comme Achate, par exemple. Dans ses bras, les divinités de son foyer, que l'on appelait les pénates et les lares[1]; à ses côtés, son très jeune fils, Ascagne, et aussi son vieux père, Anchise, que, peut-être (d'après certains poètes), il dut porter sur son dos. Était-ce pour alléger le poids des ans ? Ou plutôt, s'il était si faible, n'était-ce pas parce que, disait-on, tout homme qui avait eu des relations sexuelles avec une déesse restait affaibli à jamais ! Ainsi en avait-il été d'Anchise qu'un jour Vénus avait aimé ! Mais être l'amant de Vénus et en avoir un fils tel qu'Énée, cela valait tout de même quelques rhumatismes ! Et cela justifiait de se faire porter par son vaillant fils.

Dans les forêts du mont Ida[2], les compagnons d'Énée construisirent vingt beaux navires avec les pins magnifiques de cette montagne consacrée à la déesse Cybèle[3]. Et tous embarquèrent avec la protection des dieux. C'était la fuite éperdue d'une famille (trois générations : le père, le fils, le petit-fils) et d'une équipe de compagnons unis face aux épreuves. Car, ainsi éloigné de la côte troyenne, Énée voguait en réalité vers le point que lui avait fixé les dieux.

Mais son chemin était parsemé d'obstacles. Son destin

1→ Voir le chapitre « Les dieux individuels », p. 147.
2→ Montagne de Troade, non loin de la ville de Troie.
3→ Déesse phrygienne. Voir le chapitre « Les dieux étrangers », p. 158.

était de se rendre à l'emplacement de la future ville de Rome, au prix des pires difficultés. C'est pourquoi, même s'il fut longtemps ballotté sur les mers, même s'il fut souvent tenté de séjourner sur des rivages accueillants, sans cesse les dieux remettaient son navire sur la route de l'Italie ! Certaines de ses escales restèrent cependant très importantes.

Énée : voyages et escales

Énée et Hélénos

Il s'arrêta en Épire[1] chez un réfugié troyen, le roi Hélénos. Celui-ci était une sorte de prophète. Il déclara qu'il avait des signes à communiquer à Énée mais ne prononça que de mystérieuses paroles : « Quand vous mangerez vos tables, les destins s'accompliront ! » Comme c'était confus ! Personne ne parvint à comprendre cette prédiction. Mais tout le parcours d'Énée était ainsi jalonné d'avertissements, de signes des dieux que lui-même ne comprenait pas toujours (les Romains du siècle d'Auguste, qui découvraient les aventures d'Énée dans l'ouvrage de Virgile, *L'Énéide,* furent mieux à même de comprendre tous ces mystères puisqu'ils connaissaient la gloire de leur ville et comprenaient les signes qu'Énée ne pouvait déchiffrer).

Charybde et Scylla

Énée continuait sa route et tentait de gagner les côtes italiennes, but de son voyage fixé par les dieux. Mais l'approche en était impossible. Entre la Sicile et l'Italie, les navires furent ballottés dans une violente tempête et manquèrent à maintes reprises de s'échouer sur de redoutables écueils : les rochers de Charybde et de Scylla. Leur nom s'explique ainsi : Scylla était une jolie jeune fille. La magi-

1. Région de la Grèce occidentale.

cienne Circé convoitait Glaucus mais celui-ci aimait Scylla. Par dépit de se voir repoussée et par jalousie, elle transforma sa rivale Scylla en un monstre aboyant, ceinturé de chiens féroces, terrible rocher rugissant. Le monstre Charybde lui faisait face, de l'autre côté d'un détroit. Trois fois par jour, ce monstre avalait et rejetait toute l'eau salée et les bateaux et les marins présents alentour. La flotte troyenne échappa par miracle (grâce à la protection de Vénus) aux deux monstres[1]. Malheureusement c'est non loin de la Sicile également que le vénérable Anchise mourut. On lui rendit les honneurs funèbres en organisant de grands jeux. Puis, à nouveau, voguèrent les navires !

Didon et Énée

Les bateaux se retrouvèrent près des côtes libyennes par les hasards de la navigation, et s'approchèrent de la ville des Tyriens pour y faire escale. Ceux-ci, chassés de Tyr, s'étaient échoués sur ces rivages et s'étaient installés précisément à l'endroit où ils avaient découvert une tête de cheval en creusant la terre. Ils construisaient alors la ville de Carthage, édifiaient temples et murailles, plus somptueux les uns que les autres. Énée et les Troyens furent accueillis par Didon, la reine, une souveraine éclatante de beauté. Didon s'éprit follement d'Énée ; Énée s'éprit de Didon. Tous deux étaient victimes des flèches de

1→ D'où l'expression *tomber de Charybde en Scylla*, qui signifie « échapper à un malheur pour en connaître un autre ».

Cupidon, le petit dieu de l'amour, que Vénus avait envoyé auprès de son fils pour le rendre amoureux. Le seul but de la belle Vénus était d'ennuyer Junon, sa rivale[1], et de contrecarrer ses projets à propos du voyage d'Énée. Elle voulait le retarder sur sa route tandis que Junon souhaitait qu'il arrive au plus vite pour fonder Rome.

Énée goûtait aux côtés de Didon une vie tranquille et amoureuse. Mais Jupiter était loin d'apprécier ce batifolage, peu digne du fondateur de la race glorieuse des Romains! Il envoya Mercure remplir son rôle de messager[2]. Mercure, enveloppé d'un nuage, mais reconnaissable sans aucun doute par l'intéressé, hanta son sommeil[3] et le tança vertement: « Énée! Ton destin t'appelle! Ne cède pas aux charmes trompeurs de l'amour! Il y a mieux à faire sur les terres du Latium! Tu le sais: il te faudra fonder une ville et donner naissance à la race noble et fière des Romains. » Impossible de rétorquer quoi que ce soit à cela. Les dieux avaient dit! Obéissant évidemment aux ordres divins, aux premières lueurs de l'aube, Énée éveilla ses compagnons, embarqua tout le monde, et appareilla vite fait! Didon, mue par un sombre pressentiment, se précipita sur la plage. Et, lorsqu'elle vit les voiles au loin s'éloigner, son désespoir fut immense. Elle en appela à l'amour d'Énée, elle l'implora, le maudit de l'avoir trahie et de laisser

1→ Voir le jugement de Pâris, p. 47.
2→ Mercure était doté d'ailes aux pieds et était ainsi le messager idéal des dieux.
3→ Les rêves étaient aux yeux des Anciens des messages envoyés par les dieux.

s'envoler sa foi dans les vents de la mer. Elle décida alors de se donner la mort. Triste, debout sur son navire qui avait pris le large, Énée regardait des flammes s'élever du rivage de Carthage : c'étaient celles du bûcher sur lequel s'immolait Didon ! Les ordres des dieux sont ainsi cruels, mais incontournables. Énée continua sa route.

Énée à Cumes

Misène

Après le séjour à Carthage, marins et héros filaient vers les côtes italiennes. Alors qu'ils approchaient des rivages de la Campanie, ils aperçurent un cadavre qui flottait dans l'eau. Ils découvrirent qu'ils s'agissait de Misène, un de leurs compagnons qui avait disparu sans qu'ils pussent savoir où il était passé. S'était-il noyé ? Était-il mort d'une autre mystérieuse façon ? Ils n'avaient pas pu lui rendre les honneurs funèbres, ce qui est une grande douleur pour les amis et compagnons. Misène avait été un fidèle compagnon des plus grands Troyens, comme Hector, puis d'Énée, avec qui il embarqua dans ce terrible et long voyage. Sur le navire, Misène, qui avait une spécialité, la musique, jouait de la trompette, pour entraîner les marins, les guerriers, et également pour faire plaisir au dieu Mars, dieu de la guerre. Il valait toujours mieux avoir sa faveur et sa protection en cas de problème avec des ennemis en mer ou des pirates. Or Misène jouait très bien, et pour un trompettiste, très bien, c'est aussi très fort. Il jouait si fort qu'il couvrait même le bruit des flots en fureur. Voilà qui agaça fortement le dieu Triton. Celui-ci était fils d'Éole, dieu des vents, et maître de la mer et des tempêtes. Plus moyen pour lui de faire entendre le rugissement de ses flots avec cette trompette tonitruante ! Un gêneur, ça s'élimine ! Triton souffla un grand coup de vent qui fit plonger Misène sous les flots, contre des rochers. Ses compagnons n'avaient pas pu voir ce qui s'était passé. Mais, fort heureusement, on put à cet endroit-là récupérer son corps. On s'arrêta sur la côte campanienne, non loin de la montagne mystérieuse appelée Vésuve. Énée dressa un autel funéraire sur une petite colline, et installa sur le tombeau la lance de Misène le guerrier, la rame de Misène le marin, et la trompette de Misène le musicien. Le mont Misène est resté un mont sacré que l'on honora jusqu'à l'époque de l'éruption du Vésuve, en 79 après Jésus-Christ.

La sibylle de Cumes

Mais la véritable halte était le port de Cumes, situé tout près. Car, là, vivait une femme qu'Énée devait absolument rencontrer. Cette prêtresse inquiétante, nommée « la sibylle » vivait dans une caverne obscure. Elle était célèbre, elle inspirait la terreur. La nuit, enveloppée de fumées, elle communiquait avec le dieu des Enfers. Lors de ces terribles rencontres, ses cheveux se dénouaient tout seuls, son teint pâlissait et sa voix devenait caverneuse.

Cette vieille sorcière bredouillait alors des paroles incompréhensibles, inspirées, disait-on, par le dieu[1]. Énée lui adressa des offrandes et de touchantes paroles grâce auxquelles la prêtresse accepta de l'emmener faire un petit tour aux Enfers. Les Enfers étaient le séjour des âmes des morts. Ils se trouvaient sous la terre et l'on y pénétrait par certaines cavernes connues des seuls prêtres et initiés. Sur

1→ D'où l'expression *tenir des propos sibyllins*, c'est-à-dire obscurs.

l'ordre de la prêtresse, Énée se laissa guider par des colombes vers un petit bois où il trouva un rameau d'or: celui-ci était nécessaire pour commencer la cérémonie initiatique. Puis le héros sacrifia quatre jeunes taureaux noirs au dieu des Enfers à l'entrée d'une caverne profonde d'où s'exhalaient des fumées impures et nauséabondes. Il s'engagea ensuite avec la sibylle sur les chemins solitaires et sombres. Quel privilège! Seuls quelques grands héros, tels Ulysse, Thésée, Orphée, ont eu la possibilité de visiter les Enfers et d'en revenir! Sur les prairies des champs Élyséens[1], Énée rencontra plusieurs défunts et surtout son père Anchise. Lui aussi lui rappela à son tour son prodigieux destin: « Regarde au loin, regarde le futur, regarde tes illustres descendants, n'oublie pas que les dieux t'ont choisi pour accomplir leurs ordres, pour installer la race romaine dans cette gloire éternelle, pour des siècles et des siècles! »

Fort de ces prédictions, Énée remonta sur terre, abandonna la sibylle à ses vaticinations. La flotte quitta les bords de Cumes et longea la côte italienne pour atteindre enfin l'embouchure du Tibre.

1→ Région des Enfers où séjournaient les âmes des héros et des grands mortels.

L'arrivée dans le Latium

Souvenir d'Hélénos

Fatigués de leur voyage, les marins admirent ces rivages salutaires. Ils débarquent des navires pour se reposer et sentir enfin la terre ferme. Comme ils sont affamés, ils se préparent des nourritures diverses. Celles-ci sont déposées sur de petites galettes de froment. Les hommes ont tellement faim que une fois la nourriture absorbée, ils ne résistent pas à l'envie de dévorer aussi les galettes. Ascagne le jeune, toujours prêt à plaisanter, fait alors une bonne blague : « Voilà que nous mangeons nos tables ! » C'est alors qu'Énée se souvient de l'ancienne prophétie d'Hélénos : « Quand vous mangerez vos tables, les destins s'accompliront », avait déclaré le roi d'Épire. Énée comprend ainsi que la région où il avait abordé était celle fixée par les dieux !

Dans cette région résidaient Latinus et son peuple, et, tout près, le roi Évandre, d'âge plus que vénérable. Latinus apprit par un prodige l'arrivée d'un illustre étranger. Voici ce qui se passa : des abeilles réunies en un essaim énorme passèrent soudain et vinrent se poser sur un laurier sacré qui avait poussé au milieu de son palais ; alertés et arrivés très vite, les devins surent qu'un événement merveilleux était en train de se produire. Et, tandis que Latinus se hâtait d'immoler cent brebis laineuses au dieu Faunus pour célébrer ce nouvel avertissement des dieux, et pour en obtenir une issue favorable, une voix sortit des profondeurs: « Latinus, il t'arrive un gendre étranger. Unis ta fille Lavinie à ce héros car toute sa descendance soumettra l'univers à ses lois, d'un bord de l'océan à l'autre. »

Énée et Latinus

Invité de cette façon à accueillir Énée dans les meilleures conditions (puisque ainsi les dieux l'avaient demandé!), Latinus se rendit au-devant d'Énée, lui présenta les Latins, ce peuple héritier de Saturne, lui offrit des chevaux superbes, et sa fille Lavinie. Les choses se déroulaient au mieux, mais c'était compter sans la terrible Junon qui ruminait toujours sa défaite face à Vénus lors du jugement de Pâris le Troyen. En effet, il y avait bien longtemps, avant les hostilités entre les Grecs et les Troyens, Pâris avait été sollicité par les trois grandes déesses: Minerve, Vénus, Junon. Elles l'avaient choisi comme arbitre de leur querelle du jour (car à chaque jour sa petite querelle, ainsi vivaient les déesses!). Cette fois-ci, elles demandèrent à Pâris, un des plus beaux hommes de la terre, de désigner sa déesse préférée. Appâté par les promesses de cadeaux plus intéressants les uns que les autres, Pâris finit par choisir celle qui lui avait promis de faire tomber dans ses bras la plus belle femme du monde. Cette déesse était bien sûr la déesse de l'amour: Vénus. Junon, outragée à jamais, décida de poursuivre de sa haine la race tout entière des Troyens. Énée, fils de sa rivale, était donc l'objet tout particulier de sa rancune et de sa colère. Comment ce jour-là l'empêcher d'accomplir sa destinée? Junon ne manquait pas de méchantes idées! Elle se métamorphosa en vieille femme et se rendit chez les Rutules, le peuple voisin des Latins. Elle s'adressa à Turnus, leur roi, qui était pressenti comme le futur époux de Lavinie et le prochain roi des Latins et Rutules associés. « Quoi ! lui dit la vieille (il ne pouvait reconnaître la grande déesse sous les horribles traits), tu vas te laisser déposséder du royaume et de la couronne de Latinus ! Ne te laisse pas faire ! Prépare la jeunesse au combat ! Attaque ! Attaque ! » Pour être plus convaincante, de vieille femme elle se métamorphosa en un monstre horrible à la tête hérissée de serpents, aux bouches crachant le feu. Rien de mieux pour que Turnus se précipite en tremblant sur ses armes et se lance avec les Rutules contre les nouveaux arrivants, les Troyens. Avec lui, les grands chefs des peuples voisins, et Camille, la reine des Volsques, la fière amazone qui, sur son cheval, volait à travers les champs de bataille.

Énée et Turnus

D'abord Turnus se précipite vers la flotte des Troyens qui était échouée sur les berges du Tibre. Il fonce, et jette des torches enflammées pour mettre le feu aux bateaux. Mais ces bateaux avaient été construits avec les arbres sacrés du mont Ida en Troade, les pins magnifiques consacrés à la déesse mère Cybèle. Cybèle intervient immédiatement pour empêcher ce sacrilège : « On ne touche pas à mes arbres ! » Et elle métamorphose les navires. Sous les yeux terrifiés des Rutules, les poupes deviennent des bustes de femme, des naïades se glissent dans les eaux du fleuve, et de bateaux, plus du tout !

Rude et longue fut alors la guerre qui se déclara. Les Troyens trouvèrent l'aide des Latins et du peuple de la ville de Pallantée, les sujets du vieil Évandre et de son fils Pallas. Mais, surtout, ils avaient l'aide de dieux comme Jupiter ! Énée se rendit d'ailleurs au combat particulièrement confiant. En effet, la nuit précédente, alors qu'il reposait sur la rive, il vit le dieu du fleuve, Tiberinus lui-même, lever sa vieille tête et lui annoncer un prodige : il trouverait sous les chênes qui bordaient ce rivage une laie toute blanche allaitant trente petits : « Ce sera là l'emplacement de la ville d'Albe que fondera ton fils Ascagne ! Tu seras vainqueur, Énée ! » Énée, le lendemain, trouva, prodige étonnant, la laie et ses petits ! Le sacrifice qu'il en fit aussitôt à Junon lui fit gagner enfin les bonnes grâces de la déesse. Ses guerriers redoublèrent de courage. Énée, comme il se doit pour un grand héros, affronta son rival Turnus dans un terrible combat singulier. Bien sûr, sa mère, Vénus, n'était jamais très loin et plusieurs fois elle lui porta secours. Énée remporta une victoire belle, certes, mais prévue par les dieux !

Sur l'Olympe, on put alors distinguer quelques mots que Junon acceptait enfin de tenir à Jupiter : « Bon ! D'accord ! Qu'il y ait un Latium ! Qu'il y ait à travers les siècles des rois albains, puis des rois romains ! Que la race romaine tire sa puissance de la valeur des peuples italiques ! » Ainsi bougonnait la déesse dans son coin. Et Énée régna ainsi sur le peuple des Latins dans la ville de Lavinium, après avoir épousé Lavinie, fille de Latinus.

Le règne d'Énée

Anna Perenna

Le règne d'Énée fut paisible et sans histoire. Un jour, son passé resurgit soudain dans sa vie tranquille. Son fidèle ami Achate et lui se promenaient souvent au bord du fleuve. Ils aperçurent un soir une femme qui errait sur le rivage. Ils finirent par reconnaître, sous les traits épuisés de cette passante, Anna, la sœur de Didon. Elle avait été contrainte de s'enfuir du royaume de Carthage alors que des barbares y prenaient le pouvoir. Elle aborda par hasard sur les côtes du Latium, après de longs mois à être ballottée sur les mers. Énée la reconnut, et, pris de pitié, la ramena au palais. Mais Lavinia, son épouse, ne fut guère enthousiasmée de l'arrivée d'Anna : elle redoutait la résurgence de souvenirs des amours passées entre Énée et Didon, ou quelque ressemblance entre les deux sœurs, ou quelque sentiment nouveau chez son époux. Elle poursuivit incessamment Anna de sa haine par mille cruelles tracasseries. Celle-ci fut avertie en songe des machinations subtiles que Lavinia était en train d'inventer. À bout de forces, elle s'enfuit alors, de nouveau fugitive, errante à jamais. Cependant, quand elle arriva sur les bords du fleuve Numicius, celui-ci, ému par le sort de cette femme, l'emporta dans ses bras. Quand Énée la fit rechercher, les hommes qui suivaient ses traces parvinrent au bord de l'eau, et, là, une forme divine sortit de l'onde et leur expliqua qu'Anna était devenue une nymphe pour l'éternité, d'où son nom de Perenna, qui signifie « éternelle ». Les soldats et compagnons d'Énée furent enchantés d'une issue aussi favorable et firent alors la fête dans les champs. Anna est devenue ainsi le symbole de l'aide et des remèdes en toutes circonstances. C'était elle que l'on pouvait appeler en cas de problème, le « dépannage » était assuré et immédiat.

Par exemple, lorsque la plèbe, c'est-à-dire le peuple, victime alors du pouvoir abusif des aristocrates, se retrancha sur le Capitole[1], durant les premières années de la République, les Romains, qui redoutaient la famine dans cet état de siège, appelèrent Anna Perenna à l'aide. Elle se déguisa en vieille femme pour pénétrer dans la citadelle, et tous les jours elle apportait des gâteaux qui permirent au peuple de ne pas connaître la famine. Un autre jour, ce fut Mars qui, tombé amoureux soudain de sa sœur-cousine-amie Minerve, appela Anna à l'aide. Celle-ci connaissait la chasteté de Minerve ainsi que la brutalité de Mars. Elle voulut jouer un bon tour au dieu. Elle lui fit croire que son affaire marchait, et lui donna un rendez-vous nocturne au nom de la déesse. Mais elle se substitua à Minerve, se cachant sous un voile. Lorsque le dieu entra dans la chambre, elle leva son voile et se moqua de lui et de la fureur qu'il manifesta lorsqu'il découvrit une autre femme que la grande déesse convoitée, comprenant ainsi qu'il s'était fait gruger. C'est peut-être la raison pour laquelle à

1→ Sur cette colline se trouvait la citadelle fortifiée de Rome.

la fête d'Anna Perenna on a généralement chanté des chansons paillardes, en souvenir de ce rendez-vous galant raté.

Ascagne

Le fils d'Énée, Ascagne, fut surnommé Iule (de Ilus = Ilion, autre nom de Troie, d'où le nom de la famille célèbre des Iulius, ou Julius, dont Jules César est un descendant et le plus célèbre représentant).

Ascagne fonda la ville d'Albe la Longue à l'emplacement même où Énée avait découvert la laie et ses petits. Cette ville paraissait blanche (*alba* signifie « blanche »), elle s'étendait en longueur, elle était surtout une ville souveraine, qui devint rapidement la plus prospère du Latium. Dix rois de la race des Troyens s'y succédèrent. Le onzième s'appelait Procas. Mais c'est une autre histoire.

Romulus : la naissance

Le roi Procas avait deux fils : Amulius et Numitor, de caractères totalement opposés. Autant Numitor était sage et pacifique, autant Amulius était ambitieux, violent, prêt à tout pour chasser l'héritier légitime du trône, son propre frère. Amulius parvint à écarter Numitor, et, après avoir tué son fils, l'envoya en exil. « À moi seul le pouvoir ! » disait cet ambitieux. Mais Rhéa Sylvia, la fille de Numitor, restait une menace : il ne fallait pas qu'elle mette au monde un fils qui serait susceptible de récupérer légitimement le trône de son grand-père. Quoi de mieux alors que de la vouer au service de la déesse Vesta ! Car la plus belle des déesses romaines, Vesta, brillante et pure comme la flamme, était servie par des prêtresses, les vestales, jeunes filles choisies parmi les plus nobles du pays, et chargées d'entretenir en permanence un feu sacré. Elles devaient observer une chasteté absolue leur vie durant. « Rhéa Sylvia vestale ? Aucune descendance à craindre de cette vierge. Elle ne se mariera pas, n'aura pas d'enfant, donc pas de fils pour vouloir reprendre le trône ! À moi seul le pouvoir ! » se disait Amulius. Pourtant, les destins sont incontournables, surtout quand il s'agit de Rome la future. Rhéa Sylvia devint un jour enceinte ! Qui fut l'auteur de ce forfait, de ce sacrilège ? Mars en personne. Le dieu de la guerre lui-même ! C'est du moins ce que Rhéa Sylvia crut bon de dire. Lorsque Amulius apprit le crime de la vestale et la naissance non pas d'un prétendant légitime au trône mais de deux (car Rhéa Sylvia mit au monde des jumeaux, qu'on appela Romulus et Rémus), il fit enfermer la jeune femme, et laissa le soin à quelque serviteur d'abandonner les nouveau-nés soit aux bêtes sauvages, soit aux flots du Tibre en crue. Ce que ce digne serviteur, digne des dieux, digne de tous les contes, fit avec quelque négligence ! Ainsi les deux bébés, bien sages dans la corbeille où on les avait déposés, naviguèrent-ils un tout petit peu sur l'eau puis échouèrent-ils tranquillement sur les bords du Tibre qui s'était apaisé en leur honneur. On les retrouva sous un figuier, au pied du mont Palatin. (On appela cet arbre Ruminal et il poussa des siècles durant, honoré des Romains comme il se devait.) L'endroit était solitaire, les loups venaient y boire, descendus des montagnes environnantes. Une louve, intriguée par les cris des nourrissons, s'approcha, et, au lieu de les dévorer (quel dieu l'inspirait-il ?), se mit à les allaiter ! Tous les jours, elle venait, assistée par un pic-vert qui voletait autour d'eux. Ce pic-vert était le dieu Picus, sans doute. Le dieu Picus était le père de Faunus et avait été transformé en oiseau par la magicienne Circé. Quel prodige : deux nouveau-nés sauvés par un animal féroce, lui-même accompagné d'un petit oiseau ! Les destins s'accomplissaient !

Un berger, nommé Faustulus, menait souvent ses bêtes paître dans ces parages puis boire au fleuve. Il s'aperçut du phénomène et, après avoir observé quelques jours les allées et venues de la bête et de son compagnon l'oiseau, décida finalement que ces petits seraient tout de même mieux élevés par des humains. Aussi les recueillit-il et les éleva-t-il avec sa femme, qui s'appelait Larentia. De mauvaises langues disent que cette Larentia était une ancienne prostituée. Or les prostituées étaient appelées *lupa* qui signifie « louve » ! De là à dire que Romulus et Rémus n'ont pas été élevés par une louve mais ont été recueillis par une simple femme, comme tout le monde, et qui plus est une femme de mauvaise vie... Non ! Impossible ! Aux fondateurs de la plus puissante ville du monde, il faut un destin hors du commun ! D'ailleurs, ne trouve-t-on pas depuis fort longtemps des représentations d'une louve allaitant des bébés ? (Des statues et des pièces de monnaie.) L'histoire est bien celle des enfants d'une louve, puis de Larentia, nourrice également bienveillante. C'est dans cet environnement champêtre que grandirent les enfants, de plus en plus habiles aux courses dans les forêts et à la chasse. Ils ressemblaient d'ailleurs plus à des chasseurs qu'à des bergers, à des brigands qu'à des fils de roi ! Car, malgré quelques connaissances intellectuelles acquises à Gabies, ville toute proche, ils étaient surtout passionnés d'aventures, de parcours hasardeux dans les forêts et pâturages, prêts à commettre larcins et même petites agressions au besoin ! Et, à la tête de cette bande de prédélinquants, Romulus faisait un chef tout à fait acceptable.

La reconnaissance et la fondation de la ville de Rome

Romulus et Rémus

Un jour, toute la jeunesse du voisinage se rendit à la fête des lupercales. On célébrait les rites en l'honneur du dieu Faunus sur les pentes du Palatin dans une grotte. La jeunesse regardait les prêtres sacrifier un bouc et un chien. Puis, comme c'était la coutume pour célébrer Faunus, quelques jeunes gens remarquables furent désignés pour frapper de lanières les hommes et femmes en quête de fécondité. Ce furent Romulus et Rémus que les prêtres choisirent ! Mais les bergers de Numitor, présents au sacrifice, les reconnurent immédiatement comme les auteurs des larcins et autres ennuis commis à l'encontre de leurs bêtes, tout récemment ! Et tous les bergers de s'écrier : « Ne les laissons pas faire ! Ce sont des bandits ! » Une bagarre se déclencha, tant et si bien que Rémus fut capturé. On le conduisit devant Amulius, puis devant Numitor. Car le fier roi Amulius ne voulait pas se commettre à s'occuper de ces petites affaires de rien du tout, de ces bergers de rien du tout ! Après tout, son frère, qui n'était plus roi, n'avait rien d'autre à faire ! Qu'il règle les différends de son peuple ! Romulus, plus astucieux, plus vigoureux que son frère, était finalement rentré à la maison. Or il atteignait l'âge de dix-huit ans. Faustulus estima donc le moment venu de lui révéler le secret de sa naissance. De son côté, Numitor écoutait les explications du jeune prisonnier

Rémus et particulièrement le récit de son éducation. Grâce à une heureuse intuition, inspirée sans doute par quelque dieu, il fit le rapprochement entre ces deux jeunes gens et les enfants disparus de sa fille Rhéa Sylvia. Tout concordait: l'âge, le lieu, et, bientôt, les conditions de leur découverte, quand il les apprit de la bouche même de Faustulus qu'il avait fait mander. Numitor retrouva donc avec bonheur ses propres petits-fils! Alors, ensemble, les jumeaux, leurs compagnons et les sujets du roi déchu Numitor décidèrent d'accomplir la juste vengeance: il fallait éliminer l'usurpateur Amulius et redonner son trône à Numitor. Ainsi Albe retrouverait-elle son vrai roi. Et Romulus et Rémus apprirent alors qu'ils étaient les descendants du grand Énée. Cependant, pas question de manquer de respect à leur grand-père Numitor! Pas question de lui voler son trône! Pas question de rester à Albe non plus, car cette ville devenait surpeuplée. Une fois Numitor réinstallé sur son trône, ils décidèrent donc d'aller fonder, avec leurs compagnons fidèles, une nouvelle cité. Où? Le meilleur endroit semblait bien sûr celui de leur miraculeux départ dans la vie, c'est-à-dire le mont Palatin. Mais qui des deux allait régner? Chacun était bien digne d'être roi! Et chacun revendiquait le titre. Eh bien, seuls les dieux peuvent trancher ce genre de problème. On décida donc de prendre les augures, c'est-à-dire de consulter les signes venus du ciel et dessinés par les oiseaux. Romulus grimpa sur le Palatin, Rémus sur l'Aventin, chacun à son poste, scrutant le ciel. Le premier, Rémus, aperçut six vautours: miracle! Incontestable signe! Mais voilà qu'aussitôt Romulus en vit douze. Miracle ! Incontestable signe ! Et alors, jumeaux, camarades, partisans de se jeter les uns contre les autres, de se battre furieusement ! Le pouvoir, ça ne se discute pas, ça se prend ! Et par la violence, c'est encore mieux !

Est-ce à ce moment-là, lors de cette bagarre, que Rémus fut tué des mains de son frère ? Ou est-ce au moment où Romulus traçait à la charrue un sillon qui dessinait le pourtour de la ville que Rémus, fanfaron et provocateur, aurait franchi d'un bond sacrilège le fossé sacré, et aurait reçu le châtiment mérité du glaive de son frère ? Car, avant de fonder une cité, on en dessinait le pourtour à la charrue. Ce sillon délimitait le *pomerium*, espace sacré que nul ne pouvait franchir en armes sous peine de mort, sauf en passant par les portes de la ville. Celles-ci étaient marquées par le soulèvement, à certains endroits, du soc de la charrue. On ne sait donc pas exactement les circonstances de la mort de Rémus. Toutefois, le grand historien romain Tite-Live nous dit que Romulus, en transperçant son frère, s'écria, prenant la parole au nom de la nouvelle ville : « Ainsi périsse quiconque franchira mes remparts ! »

Rome était donc née. Son destin sacré venait d'être proclamé par son nouveau roi. L'historien grec Plutarque s'interroge sur l'origine du nom Rome : vient-il de Romulus son fondateur, ou du grec *Romé*, qui signifie « la force », celle dont aurait abusé Romulus en tuant son frère ?

Romulus installa ses amis dans la nouvelle cité. Pour augmenter la population, il décida d'accueillir toutes les personnes qui avaient besoin d'un asile. Cet *asylum* (du mot grec qui signifie « abri ») fut placé sur le mont Capitole, juste en face du Palatin. On vit alors affluer toutes sortes de gens, en quête d'une terre d'accueil : des sans-abri, d'anciens esclaves, et même des hors-la-loi. Sitôt franchies les limites de la nouvelle cité, les hommes non libres recouvraient leur liberté. Ainsi se constituait un peuple hétérogène, ouvert à toutes les idées nouvelles, prêt à construire une vie libre, à entreprendre toutes sortes de choses. Romulus leur montra d'abord comment rendre culte aux dieux, à tous les dieux, ceux du pays, mais aussi les dieux étrangers (Hercule par exemple était un demi-dieu venu de Grèce). Il leur montra aussi comment, de foule sauvage qu'ils étaient, ils pouvaient devenir peuple, *populus*, se discipliner, se répartir les tâches, obéir aux lois, respecter le droit, et aussi se réunir en assemblée autour des grands du royaume. Les cent personnages les plus importants furent appelés les *patres*, c'est-à-dire les « pères ». Romulus lui-même s'entoura d'une sorte de garde rapprochée : douze hommes, appelés les *licteurs*, qui portaient des sortes de bâtons. Ils étaient vêtus d'une toge et portaient chacun un faisceau de verges réunies par une courroie avec une hache tournée vers l'extérieur. Ils en imposaient ainsi à toute la population. Un roi doit savoir afficher sa puissance et son autorité, et sa garde personnelle y contribue particulièrement. Selon Tite-Live, le nombre de ces hommes serait d'origine étrusque[1] et non pas, comme certains le croient, en lien avec les douze vautours aperçus par Romulus.

1• L'Étrurie est une province voisine de Rome.

Des femmes pour Rome

L'enlèvement des Sabines

Ainsi, la ville se fortifiait peu à peu. Mais un problème d'importance subsistait : comment perpétuer la nation romaine quand on manque de femmes ? Il fallait trouver des femmes, pour faire des enfants ! Romulus envoya alors poliment aux peuples voisins des ambassadeurs pour proposer des mariages. Mais ces voisins étaient terriblement méfiants… Cette cité, pleine d'étrangers, qui se développait à coté de chez eux était bien inquiétante. Que de risques ! Que de menaces pour la sécurité, le travail, la place dans les champs ! Et pour les territoires, les propriétés ! Que de craintes cette nouvelle cité de Rome faisait-elle naître ! On choisit alors frileusement la prudence et l'on refusa les propositions des ambassadeurs. « Pas de mariages pour nos filles avec des Romains ! » Les jeunes Romains se sentirent outragés. De dépit, ils n'envisagèrent plus qu'une seule solution pour obtenir des femmes : le rapt. Après tout, la violence, ils connaissaient ! Leur ancienne vie avait bien été fondée sur des actions pas toujours recommandables. C'était justement le moment de la fête des *Consualia*[1], la première de toutes les fêtes romaines, que Romulus institua en l'honneur du dieu Consus, le « conseiller » : celui-ci était un dieu très ancien, protecteur des bêtes de

1• Voir le calendrier des fêtes, p. 171.

trait, des semailles et des moissons. Il rappelle les racines pastorales et paysannes des Latins qui avaient mêlé leur sang aux voyageurs troyens; il souligne leur vocation première: cultivateurs. Son autel, situé le long du Tibre, était recouvert de terre en hiver, comme les semailles; et on le déblayait au printemps, comme sortent les jeunes pousses, pour les fêtes. Ces jours-là, les ânes et les chevaux étaient enfin tranquilles: on ne les faisait pas travailler, on les décorait joliment de feuillages et de bandelettes, et on organisait des courses et des défilés. Cette grande première fête méritait bien que l'on invite les peuples voisins tout entiers à se joindre aux Romains. Ces derniers avaient une petite idée derrière la tête: parmi les voisins, il y avait des femmes. On saurait bien s'en emparer! Que la fête commence! Romulus siégeait au premier rang, vêtu de pourpre, la couleur des rois, et entouré solennellement de ses douze licteurs. La foule se presse: Véiens, Volsques, Latins, Sabins, tous émerveillés de la grandeur déjà impressionnante de la nouvelle cité. Les jeux débutent. Et soudain, les jeunes Romains dégainent leurs épées et se précipitent sur les jeunes filles sabines qu'ils emportent sous les yeux médusés de leurs pères, frères, fiancés, impuissants, car ils étaient venus sans armes, pour faire la fête, et pas pour se battre! Et les Sabins de rentrer tête basse, blessés, tristes, outragés, de même que les habitants de Caecina, et ceux de Cermunium. Pendant ce temps, les cavaliers de Romulus, portant en croupe des jeunes filles en larmes ou en colère, les entraînaient, qui dans sa maison, qui chez des amis puissants, qui chez le roi lui-même.

Mais nul désir de les violenter, disait-on. Il s'agissait seulement de trouver de futures mères aux futurs glorieux Romains. Ces Romains prétendaient être des hommes d'honneur !

C'est justement ce qu'expliqua à ses compatriotes éplorées une jeune Sabine de toute beauté et surtout de grande sagesse : Hersilia. Elle avait compris que les intentions des Romains n'étaient peut-être pas mauvaises, mais seulement liées au problème du célibat, insoutenable pour un peuple qui voulait devenir un grand peuple. Peut-être aussi avait-elle remarqué ces grands et forts guerriers et n'était-elle pas insensible à leur charme martial ! Hersilia réconforta ses compagnes, parla avec noblesse, et certains disent qu'elle était si belle, si noble, si remarquable qu'elle devint l'épouse de Romulus lui-même. Dans les bras de ces vigoureux Romains, les jeunes filles franchirent le seuil de ces demeures où bien vite elles allaient devenir de respectables et dignes mères de famille, des *matronae*. De cet épisode naîtrait la coutume de faire franchir à l'épousée le seuil de sa maison dans les bras de son nouvel époux.

La guerre

Cependant, les Sabins et Caciniens de leur côté ne s'interrogèrent pas longtemps sur la conduite à tenir : il fallait châtier les Romains de cette intolérable attitude. Ils prirent alors l'initiative d'une guerre. Les combats furent vite menés : Romulus se heurta au roi de Caecina, le tua en deux temps trois mouvements, malgré la vaillance célèbre de celui-ci, et porta triomphalement ses armes sur le Capitole pour les offrir à Jupiter. Car avant le combat, Romulus avait bien évidemment conclu un pacte avec le grand dieu : « Si tu me donnes la victoire, si tu frappes mon ennemi à mort, je te ferai des offrandes magnifiques et te construirai un temple gigantesque. » Le dieu ne fut évidemment pas insensible à de pareilles promesses ! Et Romulus fut vainqueur. Chose dite, chose faite ! Pour montrer sa gloire à ses concitoyens, Romulus arracha un chêne magnifique, y suspendit les armes du roi de Caecina et porta le tout solennellement en procession sur le Capitole. Là, il dessina les contours du futur temple de Jupiter Feretrien (du mot *ferire*, « frapper »). Cette cérémonie inaugura la tradition du triomphe, procession solennelle qu'exécutèrent tous les grands Romains vainqueurs et porteurs des trophées ravis aux ennemis dans les siècles suivants.

Malgré cette action d'éclat de Romulus, les Sabins ne voulurent pas en rester là, et poursuivirent sans en démordre leur guerre vengeresse. Leur général en chef,

Titus Tatius, marcha sur Rome, et alla lui-même en reconnaissance clandestinement tout près du Capitole, pour observer comment les Sabins pourraient s'introduire dans cette forteresse inexpugnable. Or, on sait que les faiblesses humaines, l'ambition, la cupidité, jointes au hasard, sont des moyens efficaces sur lesquels peuvent s'appuyer des ennemis. Et justement, ce soir-là, une jeune fille nommée Tarpéia descendait de la forteresse pour aller puiser de l'eau. Titus Tatius remarqua qu'elle était couverte de bijoux. Voilà qui prouvait le goût du luxe ! Il engagea une conversation aimable avec elle, constata effectivement qu'elle adorait l'or et les parures, et lui promit alors de beaux cadeaux si elle les laissait entrer, lui et ses compagnons, dans la forteresse. La traîtresse ouvrit les portes la nuit suivante, et une bataille débuta entre Sabins et Romains. Tarpéia, demeurée près des portes, fut bousculée, piétinée, et bientôt écrasée par les ennemis, qui, au passage, jetaient sur elle leurs bracelets d'argent et l'or qu'elle avait souhaités pour prix de sa trahison. On nomme « roche Tarpéienne » ce rocher sur lequel elle aurait péri. Par la suite, c'est de ce rocher que l'on précipita dans le vide tous les traîtres à la patrie, triste souvenir de Tarpéia. La bataille continuait à faire rage lorsqu'un spectacle surprenant arrêta tous les soldats : voilà qu'accouraient de tous côtés les femmes des Romains, d'origine sabine : elles avaient des maris romains, portaient des enfants romains, elles voyaient leurs pères sabins et leurs frères sabins en face, et tous ces hommes chéris se battaient à mort ! Alors s'avança Hersilia. La belle médiatrice prit la parole : « Nous vous en supplions, vous les hommes que nous aimons, vous qui nous avez mises au monde, vous qui avez partagé nos jeux d'enfants, vous à qui nous sommes désormais unies et qui êtes devenus les pères de nos enfants, ne vous massacrez pas ! Ne disparaissez pas de nos cœurs, ni les uns ni les autres ! Faites plutôt une paix durable entre ces deux peuples qui sont faits pour s'associer ! » Ce discours ainsi que le spectacle de ces femmes en larmes touchèrent le cœur des farouches guerriers. On finit par conclure une alliance : tous s'assemblèrent en un nouveau peuple, gouverné par deux rois : un Romain et un Sabin. On trouva là également une occasion d'instituer une nouvelle fête : les *Matronalia*, en souvenir de cette intervention magnifique des femmes, sûrement inspirées par la déesse Junon.

La disparition

Romulus gouverna avec Tatius d'abord, puis seul, et consolida son pouvoir durant quarante ans en soumettant beaucoup de peuples voisins à la puissance romaine. Ses occupations étaient donc essentiellement militaires.

Un jour, au mois de juin, Romulus passait en revue ses troupes à l'emplacement du champ de Mars, très exactement au lieu dit « le marais de la chèvre ». Il venait de célébrer un grand sacrifice en l'honneur du dieu de la guerre, Mars. Toute la ville aussi était là, y compris le sénat. Soudain un violent orage éclata. Un nuage épais enveloppa Romulus, tandis que le peuple terrifié par ce prodige s'enfuyait de toutes parts. Quand l'orage s'éloigna, et que le ciel s'éclaircit à nouveau, plus personne ne vit Romulus : on le cherchait partout, on l'appelait. En vain ! Disparu ! Une conclusion évidente s'imposa : Romulus avait été rappelé par les dieux, arraché à la terre par les puissances célestes. D'ailleurs, un certain Proclus, sénateur respecté, affirma avoir vu le corps de Romulus s'élever au ciel avec ses armes. Ce ne pouvait donc pas être quelques notables jaloux qui l'auraient mis à mort, lassés de sa toute-puissance, comme certains le laissaient entendre. Ainsi, si la naissance de Romulus fut divine, sa mort semble bien l'avoir été aussi ! Ou plutôt n'était-il pas réellement mort, mais avait-il rejoint les dieux immortels !

Devenu dieu de cette façon, Romulus fut appelé Quirinus, dieu armé d'une lance, en tout point semblable à

Mars, avec qui parfois on le confond (Quirinus vient d'un mot sabin, comme le mot *quirites*, qui désigne les citoyens). Et le sanctuaire que méritait ce héros divinisé, on l'éleva sur le Quirinal, la cinquième colline de Rome qui porta ainsi son nom. Au marais de la chèvre, on institua la fête des Nones Caprotines (mot qui signifie « la chèvre »), pour honorer le grand constructeur de la ville et sa mystérieuse et divine disparition.

PARTIE III

Histoires de rois

Les histoires racontées dans cette partie peuvent être datées : elles s'inscrivent dans une période allant de 753 à 509 avant Jésus-Christ. Rome était gouvernée par des rois. Les règnes de ceux-ci ont été analysés par des historiens latins, et particulièrement Tite-Live, et la succession d'événements de cette époque montre comment la ville de Rome a peu à peu affirmé son hégémonie sur les villes voisines dans cette région du Latium. Ces débuts de l'histoire de Rome sont encore modestes. Mais l'histoire et les événements sont des faits, et tout autour des faits, plusieurs épisodes semblent appartenir à la légende ; peut-être ont-ils été remaniés, complétés, enjolivés par les vieilles familles romaines du Ier siècle, réinventés au fil des années puis des siècles pour mieux encore faire connaître la valeur de certains anciens Romains et, par opposition, l'insupportable comportement de certains autres. Cela a permis également de montrer, de façon bien souvent légendaire et en trafiquant sans doute les faits, combien le régime politique de la royauté ne paraissait pas convenir à une nation qui a conquis petit à petit sa liberté sous forme d'une république. Cette période de royauté a duré de 753 à 509 avant Jésus-Christ, soit cent quarante-quatre ans.

Numa et les divinités

Il y eut à Rome une succession de rois : trois rois sabins, puis trois rois étrusques. (L'Étrurie était une province voisine.) Ce qui était remarquable, c'est que chacun de ces rois eut des relations spécifiques avec le divin.

Il y eut une fois un roi qui était plein de sagesse. Il s'appelait Numa.

Numa Pompilius, roi sabin, reçut la royauté en raison de sa vertu et de son extrême sagesse. Il avait quarante ans déjà. Il habitait Cures, une grande ville sabine voisine. Non seulement il était doté d'un caractère modéré et sage, mais, de plus, il pratiquait la philosophie et vivait dans une certaine austérité. Sa maison était simple, sans luxe, et il rendait hommage aux dieux. Pour lui, la puissance de ces derniers était visible dans la nature. Aussi se promenait-il souvent dans les lieux déserts et les prairies. Son bonheur, il le devait surtout à son épouse divine, la nymphe[1] Égérie. Numa, dans un premier temps, refusa l'honneur qu'on lui faisait de devenir roi de Rome. Enfin, il se rendit aux arguments des ambassadeurs romains et accepta de gouverner la grande ville. Lors de la cérémonie d'investiture, avant d'endosser l'habit royal, cette toge magnifiquement teinte de pourpre, Numa rendit un sacrifice à l'endroit escarpé du Capitole qu'était la roche Tarpéienne. Un devin le cacha

1- Les nymphes étaient des divinités de la nature qui résidaient dans les eaux et les arbres.

d'un voile, le tourna vers le sud et leva la tête pour observer le ciel et les signes. Tous les Romains levèrent aussi la tête et l'on vit apparaître des oiseaux de bon augure, pas des corbeaux, encore moins des vautours, mais des hirondelles et des colombes sur la droite, le bon côté. La foule éclata en acclamations. Les signes du ciel étaient on ne peut plus favorables ! Numa estima rapidement que, pour augmenter la puissance de Rome, il fallait avant tout débarrasser ses habitants de leur humeur belliqueuse. Le meilleur moyen, à ses yeux, était de les rappeler à leurs devoirs religieux. (Développer les tendances religieuses voire superstitieuses d'un peuple a souvent été un moyen de consolider le pouvoir.) Numa fit ainsi construire un temple à Janus, répartit l'année en mois selon le cours de la lune, organisa les collèges de prêtres pour célébrer les divers cultes. Il créa ainsi les *flamines* et les *pontifes*[1], ces prêtres qui furent appelés ainsi sans doute parce qu'ils étaient les seuls habilités à construire ou réparer les ponts. Car les ponts étaient des instruments sacrés qui réalisaient l'union entre les rives et qui ne devaient jamais être détruits sous peine de malédiction éternelle. Numa créa aussi les prêtresses vestales qui gardaient le feu sacré. Le temple de Vesta qu'il fit construire avait une forme ronde, selon la forme de l'univers dont le centre était, pour les pythagoriciens[2] et leurs adeptes comme Numa, le feu.

1→ Les flamines étaient attachés au service des grands dieux de la cité, les pontifes surveillaient les pratiques générales de la religion.
2→ Pythagore était un philosophe grec du VIe siècle av. J.-C., qui eut de nombreux adeptes durant des siècles.

Tous les soirs, il se rendait seul, presque en secret, dans le val des Camènes, au-delà de la porte Capène. Qu'allait-il y faire ? Il rejoignait son épouse : Égérie. Celle-ci confiait à Numa quelques secrets des dieux, elle lui indiquait quels sacrifices il était bon de faire pour obtenir les faveurs de tel ou tel dieu, comment organiser des danses ou des processions dans la cité .

Un jour, une épidémie se répandit en Italie et gagna la ville de Rome. Toute la population sombrait dans le désespoir. Numa chercha des conseils auprès d'Égérie. Avec l'aide des Muses, ses compagnes divines, elle lui assura que le salut tomberait du ciel. Le roi s'en retourna, pénétra dans l'enceinte de la ville, et voilà qu'un bouclier d'airain vint du ciel choir entre ses mains ! C'était le signe des dieux annoncé par les divinités, ses amies. Il fallait rester en possession de cette arme et l'honorer de juste façon afin que s'apaise la colère des dieux et que cesse la terrible maladie. Mais à Rome, les voleurs étaient nombreux. Et les armes étaient un butin convoité ! Et si jamais vol il y avait, tous les maux continueraient de s'abattre sur la ville ! Pour être sûr de conserver ce bouclier, Numa eut l'idée d'en faire fabriquer onze autres identiques. Ainsi, nul ne pourrait distinguer le bouclier divin des autres. On exposa le bouclier, et les artisans s'en vinrent observer cet objet merveilleux. Mais tous renoncèrent à en exécuter des copies tant l'ouvrage était exceptionnel. Tous, sauf un : Mamurius. Cet ouvrier fabriqua onze boucliers d'une perfection absolue et d'une ressemblance parfaite. Mamurius reçut comme récompense une citation glorieuse de son nom dans les chants religieux psalmodiés par les nouveaux prêtres que Numa établit alors pour garder les boucliers. C'était un collège de douze prêtres, appelés les *saliens*, consacrés au dieu Mars, qui surveillaient le bel objet et qui, au mois de mars, pratiquaient une danse en tunique pourpre, casque et tenue de combat. Ils parcouraient alors la ville en sautillant et en frappant en cadence leurs épées sur leurs boucliers. Quel meilleur moyen de conjurer les périls, et particulièrement la guerre, que de les mimer par la danse !

On raconte que Numa fréquentait également les bois de l'Aventin pour y rencontrer Picus et Faunus. Il les amadouait en mêlant à la source où ils avaient l'habitude de boire du vin et du miel. Cette boisson était si douce que les deux dieux en abusaient volontiers. Et dans ces moments-là, ils parvenaient à se métamorphoser en une multitude de formes successives ; sous des apparences étranges, ils faisaient au roi des révélations secrètes sur l'avenir et sur la signification de rites magiques. Le règne de Numa fut-il si pacifique en raison de cette fréquentation des dieux ? Quand, après quarante-trois ans de règne, il mourut, on fit à sa demande deux cercueils : l'un pour son corps, l'autre pour les livres sacrés qu'il avait écrits lui-même à la suite de ses entretiens avec les dieux. Car il était impossible de divulguer les secrets des dieux, les lois de l'univers, et les explications de bien des phénomènes que Numa avait découverts grâce à Égérie et aux autres divinités. Il était nécessaire de les enterrer aussi. À la mort du roi, Égérie resta inconsolable. Nuit et jour, elle pleurait. Cela agaça vivement la déesse Diane, qui avait coutume de se promener dans ces endroits boisés. Elle décida donc de la transformer en une fontaine intarissable où les vestales prirent l'habitude, par la suite, d'aller puiser de l'eau.

Tullus Hostilius et ses champions

Les Horaces et les Curiaces

Il y eut une fois un roi beaucoup moins sage que Numa Pompilius.

Tullus était surnommé Hostilius, c'est-à-dire le « belliqueux », le « guerrier ». Son ardeur guerrière se déchaîna contre Albe la voisine. Car, en même temps que Rome prospérait, Albe aussi s'épanouissait depuis le temps de sa fondation par Ascagne et elle finissait par devenir une véritable rivale pour Rome. Pourtant, cette ville était une ville sœur, les Albains descendaient des Troyens, les Romains descendaient des Albains ! Cependant, il fallait que l'une ou l'autre prenne la première place dans le Latium. L'expansion égale de deux villes si proches ne pouvait évidemment se faire ! Les armes étaient fourbies dans le camp des Romains comme dans celui des Albains. La guerre était imminente, les hostilités déclarées. Alors, un homme sage et modéré, Mettius, chef des Albains, demanda une entrevue à Tullus, roi des Romains, qui, lui, était bouillant et impétueux : « Et si nous trouvions un moyen d'éviter de verser trop de sang ? Car, tous, nous sommes ambitieux, tous, nous voulons la suprématie, mais un seul peuple gagnera. Alors autant subir le moins de pertes humaines possible, même si nos soldats sont courageux et désireux de se battre ! » Cette proposition était raisonnable, et pour une fois Tullus fut raisonnable : il accepta. Mais comment faire ? Quel moyen terme trouver pour éviter des combats ? On remarqua alors que, dans les deux armées, il y avait parmi les plus redoutables combattants des triplés. Et quels triplés ! Des jeunes gens bouillants, courageux, réputés pour leurs exploits ! Des triplés romains qui s'appelaient les Horaces ; des triplés albains qui s'appelaient les Curiaces. L'idée fut donc de faire combattre face à face les trois Albains contre les trois Romains. Le dernier survivant assurerait la victoire de sa ville. Accord conclu ! Les six jeunes gens apparurent au milieu des peuples. Ils étaient beaux, musclés, vifs, ardents. Ils avaient fait succomber bien des cœurs féminins de part et d'autre des deux villes. Point de frontière pour tomber amoureuse d'un beau sportif ! Ainsi Curiace n° 3 était-il aimé et même fiancé à une jeune Romaine, elle-même sœur des Horaces ! Camille la Romaine (ainsi la surnommera Corneille dans sa pièce *Horace*) avait tissé de ses mains une cape de guerrier que Curiace portait avec fierté. Les deux armées s'étaient installées au-delà du Tibre pour observer ce combat exceptionnel : un triple duel ! Tous les regards convergeaient vers les six jeunes hommes. Camille, restée dans l'enceinte sacrée comme toutes les femmes, qui n'avaient pas le droit d'approcher des champs de bataille, se tordait les mains de désespoir : ses propres frères, se battre avec l'élu de son cœur ! Dans cette arène improvisée, on donna le signal : les triplés se ruèrent contre les triplés ! Le combat était magnifique : éclairs des épées, cliquetis des armes, choc du fer, terre et poussière ! La valeur des héros était extraordinaire, l'admiration avait saisi la foule. Cependant, le spectacle perdit rapidement de sa beauté pour ne devenir que pure violence. La lutte était sanglante. Deux Romains s'effondrèrent dans des mares de sang. Les Albains se mirent à hurler de joie : la victoire semblait leur être acquise. Mais c'était compter sans l'esprit remarquable d'ingéniosité et de courage du seul Romain qui restait : Horace n° 3. Il était bien affaibli pourtant, blessé même, mais si intelligent ! Il se rendait compte qu'il ne pouvait attaquer à la fois trois assaillants ; aussi fit-il semblant de prendre la fuite. « Hou ! le lâche ! » criaient les spectateurs, qui n'avaient pas compris le stratagème. Horace courait, courait à perdre haleine. Mais ses poursuivants, inégalement blessés, prirent de la distance et s'espacèrent les uns des autres. Alors, brusquement, Horace se retourne, et fait face à Curiace n° 1 : d'un seul coup d'un seul, il le transperce et le laisse pour mort. Puis, sous les ovations des Romains, il se précipite sur le deuxième et lui réserve en cinq secondes le même sort ! Enfin, c'est au tour du troisième : Horace et Curiace se font face, mais, malgré les encouragements des Albains, Curiace est si épuisé par ses blessures, par cette longue course, par la mort de ses frères, si affaibli qu'il ne parvient plus à lever son épée. Et c'est presque sans aucune réaction qu'il se fait tuer à son tour. Horace, jubilant, dépouille son ennemi, s'empare de ses armes comme trophée. Les hommes, de joie, se précipitent vers lui et le soulèvent de terre. On le porte en triomphe, et ce cortège hurlant de joie ramène Horace à la porte Capène. Hélàs ! Là se tient Camille ! Quand elle aperçoit les dépouilles de son fiancé, elle dénoue ses cheveux et entonne le chant de lamentations et de deuil.

Inconcevable attitude pour le vainqueur, son frère. « Quoi ! Ma sœur ose ne pas m'acclamer, moi, le sauveur de Rome ! Bien plus, elle ose pleurer devant moi un ennemi de la patrie ! Quel affront intolérable ! » Sa colère débordait. Il joignit le geste à la parole, tira son épée et transperça sa sœur. « Va-t'en avec tes amours scandaleuses ! Ainsi, que meure toute Romaine qui ose pleurer un ennemi ! » Cette phrase resta célèbre. Les Romains s'en souvinrent bien des siècles plus tard comme l'expression sans faille du patriotisme. Cependant, ce sauveur de la patrie était tout de même un meurtrier ! Que pouvait-il advenir de lui ? Cet immense vainqueur était aussi un odieux criminel ! Il méritait à ce titre un châtiment exemplaire, tout autant que les remerciements de la patrie. On débattit. Le peuple hésitait. On décida finalement de l'acquitter mais le père d'Horace dut payer de riches sacrifices pour expier le crime de son fils. Que les dieux reçoivent ainsi le prix de la faute et les hommes s'accommoderaient du reste ! Après des libations et des offrandes d'animaux, on fit passer Horace sous une poutre placée en travers de la rue. Geste symbolique car, en passant en dessous, le criminel était censé laisser derrière lui pour toujours la souillure qu'il avait contractée. Cette poutre est restée longtemps en place à Rome et fut appelée la « poutre de la sœur ».

Plus de crainte désormais. Rome était bien la superpuissance du monde antique. Pour en être définitivement sûr, on rasa la ville d'Albe et on récupéra tous ses citoyens qui augmentèrent la population romaine.

D'Ancus Martius à Tarquin l'Ancien

Autres prodiges

Il y eut une fois un roi tranquille et sans histoire. Il s'appelait Ancus Martius. Il administrait Rome au mieux, construisait, dirigeait, priait.

Sous son règne vivait un homme appelé Lucumon qui habitait à Tarquinies en Étrurie. Il était puissant et riche. Il épousa Tanaquil, une femme belle et de haut lignage, qui connaissait bien la science des prodiges célestes, ce qui n'était pas donné à tout le monde, surtout pas aux femmes ! Mais chez les Étrusques, l'art divinatoire était pratiqué de longue date. Tous deux étaient également ambitieux. Ils décidèrent de se rendre à Rome car, dans cette ville, on pouvait accéder aux plus hauts honneurs par son seul mérite. Ils firent leur déménagement sans hésiter. Les voilà sur leur chariot en route pour la Ville éternelle. Lucumon conduisait l'attelage. Ils parvenaient au Janicule, en deçà du Tibre, lorsque, soudain, un aigle fondit du ciel tout droit sur la tête de Lucumon et lui arracha son chapeau. Il voltigea quelques minutes en criaillant, puis lui replaça exactement le chapeau sur la tête ! Quel prodige ! Les serviteurs et esclaves étaient abasourdis de crainte. Or ces signes étaient faciles à interpréter pour Tanaquil, la spécialiste en prodiges : « Un oiseau royal ? venu des régions supérieures ? couronnant la partie la plus noble de mon époux, sa tête ? Les dieux ont parlé, dit-elle, Lucumon deviendra roi. » Ainsi interpréta-t-elle le phénomène.

Le parcours de Lucumon fut bien celui qu'avait pressenti son épouse. Lucumon entra à Rome, prit le nom de Tarquin, en souvenir de sa ville d'origine Tarquinies, acheta une maison avec sa grande fortune, se fit une réputation magnifique. À la mort du roi Ancus, il n'eut aucun mal à se faire choisir comme roi. Il suffisait d'écarter les fils d'Ancus en les envoyant administrer quelque autre petite cité ou guerroyer quelque part. Son règne fut alors remarquable surtout par les travaux d'embellissement et d'assainissement. Car ce protégé des dieux, de Jupiter particulièrement, était vraiment doué pour le pouvoir. Il savait canaliser l'énergie des Romains, non plus en faisant la guerre, mais en construisant des ouvrages formidables : de nouveaux murs d'enceinte, un superbe égout qui fut appelé la *Cloaca Maxima*, ce qui renforça encore la structure de la ville et facilita son expansion.

Au palais, il y eut sous son règne un prodige étonnant. Tarquin et Tanaquil hébergeaient, parmi les esclaves et toute la domesticité qui partageaient comme de coutume le toit de leurs maîtres, une servante et son très jeune enfant. Celui-ci était-il esclave ? ou peut-être fils d'une captive, une prisonnière de guerre ? Certains historiens penchent pour cette hypothèse qui ferait de l'enfant un être d'origine noble probablement. Un soir, tandis que celui-ci dormait dans son berceau, des flammes se répandirent autour de sa tête. Et tout le monde de se précipiter pour éteindre ce feu, la famille royale aussi ! Mais la reine les arrêta d'un geste : elle rappela qu'elle savait déchiffrer les signes célestes : « Inutile d'éteindre ces flammes ! Les dieux y veilleront. » Effectivement, le feu disparut tout comme il était apparu. Tarquin et Tanaquil comprirent que cet enfant était sacré. Ils l'appelèrent Servius Tullius. Ils l'élevèrent comme un roi et lui promirent qu'il succéderait à Tarquin. Quand Tarquin fut assassiné par les fils d'Ancus, indignés d'avoir été évincés et désireux de récupérer le trône de leur père, Tanaquil sut habilement maîtriser la situation. Le complot avait été agencé ainsi : on avait envoyé devant Tarquin des hommes de main déguisés en bergers, sous prétexte de rencontrer le roi pour exposer des récriminations. Face à Tarquin, ils sortirent leurs armes dissimulées et l'égorgèrent. Devant son époux à l'agonie, Tanaquil appela rapidement Servius : « Si tu es un homme, debout ! Fais confiance aux dieux, aux flammes divines qui ont éclairé ton berceau ! Deviens roi ! » Puis elle réunit les notables et leur expliqua combien Servius était béni des dieux depuis sa plus tendre enfance, quelles qualités il avait su déployer dans sa jeunesse et lors de son éducation, quelle prestance et quelle dignité il présentait actuellement. Elle conseilla donc de le placer sur le trône. Il faut ajouter qu'elle en avait aussi fait son gendre. Et c'est ainsi que Servius Tullius devint roi de Rome, un roi bâtisseur à nouveau qui, pour éviter de subir à son tour la rancune des fils de Tarquin écartés du pouvoir, les maria à ses propres filles.

Tarquin le Superbe

Lucrèce

Il y eut une fois un roi épouvantable qui succéda au roi bâtisseur Servius Tullius. Le début de son règne fut marqué par le sang. En effet, Servius Tullius fut assassiné. Qui fut le meurtrier ? Son propre gendre, fils de Tarquin l'Ancien, évincé par Tanaquil au moment de l'assassinat de son père. Servius Tullius fut attaqué par son gendre devant la curie, la salle de réunion du conseil. Il gisait encore sur le sol. Tullia, fille de Servius Tullius et épouse de ce Tarquin, passait justement en char ; soudain, son cocher s'arrêta. Or, l'attelage s'était braqué devant un corps qui gisait au beau milieu de la rue face à la curie ; c'était celui du roi, qu'elle reconnut sans aucun doute. Elle ordonna de continuer, et roula ainsi sur le cadavre de son propre père. Ainsi, au meurtre, le couple infernal ajoutait la profanation du corps. Car tout avait été fomenté par les deux époux, portés par une même ambition démesurée.

Tarquin au pouvoir fut surnommé « le Superbe », non pas au sens actuel de beau, mais au sens ancien d'orgueilleux et insolent. Il fut effectivement un roi violent et tyrannique.

Or son fils ne valait guère mieux. Il avait été à bonne école, entre son père Tarquin et sa mère Tullia. Ce jeune homme avait l'habitude de tuer le temps en festoyant avec ses amis. C'était la coutume chez les riches de se retrouver vers seize heures sur les lits de banquet installés dans le *triclinium*, c'est-à-dire la salle à manger. Ce jour-là, la conversation de ces hommes avinés et indélicats tomba sur les femmes, sur leurs propres femmes. Les plaisanteries les plus vulgaires fusaient quant à la vertu de celles-ci ou à leurs occupations préférées. Et chacun d'accuser la femme de son voisin d'être une dévergondée et d'en rire à gorge déployée ! Voilà qu'on décida d'aller constater sur place le degré de vertu de ces dames. Toute la troupe se leva en titubant et arpenta les rues de Rome, allant chez les uns, chez les autres. Ce fut l'occasion de remarquer que beaucoup de ces épouses n'étaient pas en reste par rapport à leurs maris et occupaient joyeusement leurs loisirs, en banquets, boissons, amants et autres joyeux divertissements ! On arriva enfin chez un certain Collatin, un des convives. Là, on découvrit sa très belle jeune femme en train de tisser la laine, dignement et vertueusement. Collatin déclara alors que, de toute évidence, son épouse était la plus digne des Romaines, que jamais une femme pareille ne salirait en aucune façon la réputation de son mari. Que se passa-t-il alors dans la tête de Tarquin junior ? Fou de prétention, il ne pouvait imaginer qu'une femme, une seule, lui résistât, à lui, le fils du roi ! Il fit alors à la femme de Collatin, la belle Lucrèce, toutes sortes d'avances que Lucrèce refusa dignement. Le jeune homme, en proie à la plus folle des vanités, accentuée par l'ivresse, fut pris d'une rage insensée. « Comment, on me résiste ! à moi ! Cette beauté se croit bien forte et supérieure à un fils de roi ! Elle va voir qui je suis ! » Il était irrésistible, pensait-il. Profitant de ce que la petite troupe de fêtards exécutait sa sortie de chez Collatin, Tarquin junior prouva de la façon la plus odieuse qu'aucune femme ne pouvait lui résister : il la viola. Celle-ci ne put supporter que son honneur fût ainsi bafoué, ainsi que celui de son mari. Voici la conduite qu'elle adopta : elle cacha un couteau sous sa robe, convoqua, le soir venu et le banquet terminé, son époux et ses amis, leur confia le viol immonde dont elle avait été la victime, nomma le coupable. Tous alors jurèrent de la venger et la réconfortèrent de mots d'amitié et d'affection. Mais à peine eurent-ils détourné leurs regards qu'elle se transperça le cœur et tomba mourante aux pieds de son époux. Cet événement eut un retentissement tel que le peuple, ulcéré de l'attitude de son roi et de sa famille, poussé à bout par tant de tyrannie et de violence, fut prompt à répondre aux sollicitations des dirigeants politiques. Ceux-ci se réunirent et, sous la conduite d'un certain Brutus, décidèrent qu'il fallait en finir avec ce régime despotique et confier enfin le pouvoir aux Romains dignes de l'exercer. Les Romains se soulevèrent, abolirent la royauté, et l'on institua pour la première fois et pour de longs siècles la république. Brutus est resté le symbole de la république et tous ses descendants jouèrent un grand rôle politique, comme l'assassin de Jules César, le plus célèbre des Brutus.

PARTIE IV

Expansion de Rome :
histoires de héros

Désormais, il n'y aura plus de rois à Rome. La république a été instaurée. La révolution menée par Brutus a chassé le roi et une république de type aristocratique a été proclamée. Ce gouvernement repose sur la base d'une régulation des pouvoirs, grâce aux deux assemblées, le sénat et les comices, et aux magistrats, qui ensemble gouvernent et se contrôlent mutuellement. Cette période républicaine s'étend de 509 à 27 avant Jésus-Christ, période fort longue, durant laquelle Rome a multiplié ses conquêtes partout dans le monde antique. Son histoire est alors surtout celle de son expansion, sur le territoire de l'Italie et plus loin autour de la mer Méditerranée. Les légendes qui ont été retenues sont celles des grands héros, essentiellement guerriers, qui ont participé à la grandeur de la ville durant sa première période de croissance, quand il lui fallut conquérir la péninsule italienne, et installer sa domination de façon définitive sur le sol italien. C'est alors que la valeur, la bravoure, le sens de la patrie de certains héros et de certaines héroïnes ont été chantés sous forme légendaire, et brandis comme des étendards à la gloire des anciens Romains. La postérité a voulu que les événements qu'ils ont vécus soient exemplaires.

Horatius Coclès

La République était proclamée. C'était en 506 avant Jésus-Christ. Rome se sentait forte. Néanmoins, les ennemis voisins étaient encore nombreux à jalouser la grande ville et à la menacer. De guerre en guerre, ce fut toujours ainsi que s'érigea la puissance de la cité, que se consolida autrefois la royauté, et que finalement la République dès lors pouvait également se fortifier. Car les Romains, de paysans qu'ils étaient à l'origine, quand autour d'Énée et de Romulus chacun cultivait sa terre et faisait paître ses troupeaux, étaient devenus des citoyens bien entraînés, prêts à endosser leur cuirasse et à se munir de leurs armes pour combattre les voisins et s'emparer de leurs richesses. Les valeurs de référence étaient devenues, dans ces premiers temps de la République, des valeurs de vaillance et d'ardeur au combat. Il ne s'agissait plus d'accueillir les étrangers et de faire alliance avec eux, mais bien cette fois de les conquérir et de les assimiler par la suite. Aussi les histoires que les Romains aimèrent longtemps à se raconter furent-elles celles de héros remarquables au combat.

Horatius Coclès

Un jour, le roi de l'Étrurie[1] voisine, nommé Porsenna, décida de marcher sur Rome. Il subissait l'influence des Tarquins, chassés à l'avènement de la république. Ceux-ci évoquaient la

1→ Voir la carte des provinces autour du Latium, p. 35.

nécessité de restaurer la royauté, et même de placer un roi étrusque sur un nouveau trône à Rome. Ce mirage hantait l'esprit de Porsenna et le fit s'engager dans une guerre contre la ville. L'armée étrusque, prête à la bataille, s'était déjà approchée du territoire romain. L'armée romaine, installée de l'autre côté du fleuve, observait l'ennemi, terrifiée, car la réputation de Porsenna était immense. « Mais comment assiéger une ville pareille, fortifiée, retranchée dans sa citadelle ? » se demandait le roi Porsenna. Le fin stratège qu'il était savait qu'il fallait commencer par un point faible. Quel était le point faible de Rome ? C'était le pont qui enjambait le fleuve, appelé pont Sublicius. Ce pont avait été construit par les premiers prêtres, appelés pontifes, les « faiseurs de ponts ». C'était une structure en bois reposant sur plusieurs piles, située sous le Capitole, à l'ouest de la ville. Ce pont était le lien avec l'extérieur, il menait hors les murs de Rome, hors de l'enceinte qui délimitait le territoire sacré. Cette enceinte était une muraille construite par Servius Tullius. Nul ne pouvait la franchir en armes ; nul ne pouvait être enseveli dans ce territoire sacré. Le pont n'avait pas de protection militaire spéciale, car nul n'aurait pu imaginer qu'on s'introduisît de force et en armes dans l'espace sacré. C'était donc par là que les Étrusques devaient avancer puisque les Romains n'y avaient pas prévu de défense, conclut le roi étrusque. Seuls s'y trouvaient un certain Horatius et quelques gardes.

On s'avance donc ! Les troupes étrusques sont énervées d'avoir attendu à l'entrée de la ville, désireuses de se battre, encore et toujours. Elles descendent les pentes du Janicule et foncent en direction du pont. Et voilà les Romains pris de panique qui commencent à s'enfuir ! Que faire pour reprendre des combats dignes de ce nom et de la gloire passée de Rome ? Horatius Coclès fut le seul à avoir une idée, et relativement vite : il fallait tout simplement détruire ce pont pour empêcher les ennemis de passer. Il fallait y penser ! « Par le fer, par le feu, par tous les moyens possibles, détruisons ce pont ! » hurlait-il. Sur ses injonctions pressantes, on commença à scier les piles. Mais, pendant que les soldats travaillaient dans l'eau à scier les supports de bois, les Étrusques risquaient de s'introduire sur le pont lui-même. Il fallait absolument qu'ils soient bloqués à l'entrée de l'ouvrage. Mais les soldats romains étaient bien autrement occupés à détruire les soubassements. Personne en dessus ! Horatius s'en aperçoit. Seul alors, fier et peut-être inconscient, il s'avance, aidé de deux de ses amis, pour faire face aux ennemis. Ceux-ci s'avancent un à un, car le pont est étroit. Horatius, habile à l'épée, les transperce tour à tour et les jette par-dessus la rambarde. Hop, dans le fleuve ! Mais les minutes s'écoulaient et la fatigue commençait à gagner le courageux héros. Le pont était presque détruit mais encore franchissable, quelques piles tenaient tout juste encore. Voyant qu'il devait résister un peu plus longtemps, Horatius hurlait des injures aux ennemis, les défiait, recevait des javelots de toutes parts, se protégeait de son bouclier. Le devinant à bout de forces, les adversaires se ruèrent en groupe sur lui lorsque enfin le pont céda et s'écroula. Mais Horatius était du mauvais côté ! Du côté des opposants ! Derrière lui, le vide, le fleuve ! La ville ! Il n'hésita pas, il n'y avait qu'une solution : sauter dans le Tibre. Il invoqua le dieu Tiberinus, en dernier recours. « Dieu du Tibre, sois-moi favorable ! » implorait-il tout en luttant contre les flots qui s'engouffraient dans son équipement de soldat, et essayant d'éviter les traits qui pleuvaient sur lui. Tiberinus lui vint enfin en aide, car les divinités aiment les héros, et surtout ceux qui leur adressent des paroles suppliantes. Le courant le déposa alors sur l'autre rive. Les acclamations de l'armée romaine l'accueillirent. Peut-être ces acclamations provenaient-elles aussi de l'armée ennemie. Car cet Horatius, qui venait de sauver Rome, méritait l'admiration de tous ! Des historiens, Pline par exemple, disent qu'on érigea la première statue d'un mortel en l'honneur d'Horatius Coclès[1].

1→ L'épisode se situe en 507 av. J.-C.

Mucius et Clélie

Mucius Scaevola

La guerre durait toujours entre les Romains et Porsenna, roi des Étrusques. Le siège de Rome était maintenu par les ennemis. Déjà, les vivres parvenaient de moins en moins bien dans la ville ; la famine menaçait. En effet, les habitants des campagnes, par crainte des attaquants, s'étaient réfugiés avec leurs troupeaux à l'intérieur des murailles, pour protéger leurs familles et leurs biens. De ce fait, Rome était surpeuplée et il devenait de plus en plus difficile de nourrir tant d'hommes et d'animaux. Beaucoup de jeunes patriciens (c'est-à-dire de nobles) étaient animés de vifs sentiments patriotiques mais ne savaient comment faire pour sortir la cité de cette terrible situation. Parmi eux, le jeune Caius Mucius ressentait une grande honte de voir ses compatriotes ainsi humiliés, et brûlait d'accomplir quelque exploit pour sa patrie. Il conçut alors un projet assez fou : il s'adressa au sénat[1] et exposa ce qu'il comptait faire : entrer en cachette dans le camp adverse, seul, et éliminer de ses propres mains le roi lui-même. Quelle ambition, quel rêve héroïque, mais quelle folie ! Pourtant le sénat accorda son autorisation, car toute solution pouvait être utile à la patrie. Le soir venu, le jeune Romain se glissa incognito dans le camp

1→ Assemblée qui représentait la plus haute autorité de la République.

étrusque, dans une tenue simple, un petit poignard caché sous sa tunique. Il parvint à la tente royale : deux hommes étaient assis face aux soldats étrusques. Le roi sans aucun doute, mais qui était-ce, à ses côtés ? Le surintendant des finances, peut-être ? Car tous deux distribuaient leur solde aux soldats. Mais lequel était le roi ? ils étaient vêtus exactement de la même façon ! Mucius, plein d'initiative et de présence d'esprit, savait qu'il fallait se décider au plus vite. Il frappa donc au hasard et tua l'un des deux. Or ce n'était pas le roi ! Il s'enfuit très vite mais fut rapidement rattrapé, ligoté et traîné devant Porsenna lui-même. Courageux, têtu et fier, le jeune Mucius regardait avec insolence le roi et se laissait aller à toutes sortes de menaces verbales plus arrogantes les unes que les autres. Porsenna lui annonça qu'il allait être brûlé vif. Alors Mucius s'écria : « La gloire est plus importante pour un Romain que le souci de son corps ! » Et aussitôt il plaça sa main droite dans le feu qui brûlait sur le petit autel domestique[1]. Comme insensible à la douleur, il laissa sa main se consumer très longtemps. Porsenna fut tellement impressionné par le courage du jeune Romain qu'il ordonna aussitôt de le libérer. Mucius réservait une dernière bravade au roi : il déclara que cent jeunes gens comme lui avaient décidé d'accomplir la même mission jusqu'à ce qu'il fût effectivement tué ! Cet exploit et ces paroles amenèrent alors Porsenna à engager

1→ Dans toute maison comme dans tout lieu où l'on résidait, une tente de guerre par exemple, on emportait ses dieux domestiques et l'on dressait un autel pour les honorer.

Voir et comprendre

LES ŒUVRES D'ART

Antiquité romaine

Les œuvres d'art de la Rome antique évoquent les figures des dieux et les rites religieux. On les trouvait dans l'espace public, comme les pièces de monnaie, les statues ou les sculptures, ou bien dans l'espace privé, comme les mosaïques.

Le dieu Janus. Pièce de monnaie en argent. IIIe siècle av. J.-C.

Cette pièce nous montre l'ancien dieu Janus, protecteur de la cité romaine. On reconnaît son double visage. Sa tête est couronnée de laurier, feuillage des succès. Représenté sur la monnaie, il devait protéger les transactions commerciales des Romains.

Ce relief est une sculpture réalisée dans la pierre sur un sarcophage. Le sacrifice à Mars se déroule en ordre. Le Grand Pontife, vêtu de blanc, a la tête couverte pour présenter des offrandes sur l'autel. Les participants ont des couronnes de laurier. Le sacrificateur porte la hache qui tuera les trois victimes.

Sacrifice au dieu Mars. Bas-relief en marbre. Ier siècle av. J.-C.

L'art de la mosaïque était très élaboré chez les Romains.
Pour décorer les sols des palais et des villas des riches citoyens, les mosaïstes utilisaient des cubes de marbre, de céramique et de pâte de verre colorée. Ils représentaient des scènes diverses et montraient la vie quotidienne de toutes les couches de la population.
On voit ici un Romain simplement vêtu et sa femme faire une offrande à une divinité agraire qui brandit une gerbe de céréales. Il dépose sur le petit autel quelques produits de la terre et fera une libation avec le vin contenu dans le vase posé près de la colonne.

Offrande à une divinité rurale. Mosaïque gallo-romaine. IIIe siècle av. J.-C

Antiquité romaine

Les techniques de peinture et d'orfèvrerie se sont raffinées pour orner les objets précieux des cultes religieux. Dans chaque villa, l'autel dédié aux dieux Lares reflétait non seulement la piété, mais aussi la richesse du maître de maison ! On pouvait y voir des objets en or, en argent, ou des pierres précieuses.

Ce laraire, avec ses colonnes corinthiennes et son fronton triangulaire, fut conçu comme un mini-temple. Ce petit monument était placé au centre de la maison. Le fond est ici une fresque murale qui représente les dieux Lares. On les voit ici sous les traits habituels de deux jeunes garçons très joyeux qui dansent en tunique courte. Ils sont munis comme toujours de cornes d'abondance et entourent l'ancêtre de la famille vêtu de sa toge bordée de pourpre. Les Lares protégeaient la famille et garantissaient abondance et prospérité. Bien récompensés, ces dieux sympathiques recevaient tous les jours des offrandes sur leur autel !

Autel des dieux Lares.

Ce plat d'argent incrusté d'or servait au culte de Cybèle. La déesse trône sur son char tiré par des lions, son bien-aimé Attis se tenant à ses côtés. Les corybantes dansent autour en frappant sur leur bouclier. Le mouvement des corps est rendu avec une grande élégance. On aperçoit dans le ciel le Soleil et la Lune en char. En bas de l'univers figurent les divinités des eaux et de la terre ; le Temps est à droite dans la roue ovale. Ce triomphe se déroule dans la joie.

Le triomphe de Cybèle. Disque d'argent.

À la Renaissance, les seigneurs faisaient décorer leurs palais de peintures sur les murs et les plafonds, prolongeant ainsi la tradition romaine de la fresque. Les peintres italiens choisissaient souvent pour sujets les légendes romaines.

Parmi les nombreuses aventures d'Énée, le peintre a choisi ici une scène dramatique. À l'arrière-plan montent les fumées de Troie en flammes devant laquelle se trouve le fameux cheval. Énée s'enfuit avec son fils Ascagne et porte sur ses épaules son vieux père qui tient dans ses bras les statues des Pénates. Au centre de la fresque, Créuse, l'épouse troyenne d'Énée, exprime son désespoir dans un geste pathétique. Les personnages importants sont tous vêtus d'un bleu très lumineux.

Énée fuyant Troie avec Ascagne et Anchise portant les Pénates.
Girolamo Genga. Fresque. 1508.

Au siècle de Louis XIII, le peintre Nicolas Poussin suit un parcours très personnel. Ses longs séjours en Italie lui fournissent des sources d'inspiration païennes ou chrétiennes et des techniques héritées des plus grands maîtres de la Renaissance.

La violence de l'épisode de l'enlèvement des Sabines par Romulus et ses concitoyens a passionné le peintre. Vêtements désordonnés, couleurs vives, chevaux cabrés évoquent le tourbillon du rapt. Les lignes sont courbes, mouvementées et confuses comme celles des corps qu'on arrache. Au centre, une femme implore Romulus, qui domine la scène debout à gauche. L'architecture ne correspond pas à la réalité historique : ce sont les temples, palais et arcs d'une République romaine triomphante postérieure à la fondation de Rome.

***L'Enlèvement des Sabines*. Nicolas Poussin. Huile sur toile. 1637-1638.**

Au XVIIIe siècle, les artistes aiment à exalter la vertu et les engagements humains pour de grandes causes dont ils trouvent des modèles dans l'Antiquité romaine. Beaucoup affectionnent les sujets historiques et les aventures héroïques devenues légendaires.

Le combat des trois Romains et des trois Sabins les Curiaces n'intéresse pas David qui préfère peindre le moment où les Romains, avant de partir au combat, jurent fidélité à Rome. Les guerriers sont représentés figés, tandis que les femmes en pleurs ont des poses théâtrales. L'ensemble n'est pas naturel, mais révèle la solennité de l'instant. Dans une architecture typiquement romaine, on retrouve les traditionnels attributs héroïques : casque, lance, épée.

Le sculpteur des Lumières Houdon fut très influencé par la statuaire gréco-romaine. Il a plusieurs fois représenté des vestales dont la dignité et la noble pose pouvaient inspirer le respect. Pour cette grande vestale, l'artiste a su donner au marbre vie et élégance. Les plis du voile et de la robe sont souples, le visage plein de douceur semble vivant. La statue de la taille d'une femme paraît avancer doucement en portant le feu sacré.

Grande vestale. Jean-Antoine Houdon. Sculpture en marbre. 1787.

***Le Serment des Horaces*. David. Huile sur toile. 1784.**

Musique

Ce sont surtout les grands mythes d'origine grecque qui inspirent les compositeurs. La légende virgilienne de Didon et Énée est une des rares à être mise en musique, non pour son caractère romain mais pour la dimension universelle d'un amour impossible entre le fondateur de Rome et la reine de Carthage. La tragédie de leur séparation est un beau sujet d'opéra.

Dans l'opéra du compositeur anglais Purcell, l'air le plus célèbre est le récitatif de la reine Didon. En même temps que les parties instrumentales, on voit sur cette partition le texte anglais qui correspond aux dernières paroles de Didon près de se tuer tandis qu'Énée, sur ordre des dieux, embarque pour l'Italie et l'abandonne à jamais. « Quand je serai sous terre, puissent mes fautes ne pas troubler ton cœur. Souviens-toi de moi mais oublie mon destin tragique », chante-t-elle une dernière fois à Énée. Ce chant poignant est considéré comme l'un des sommets de la musique baroque.

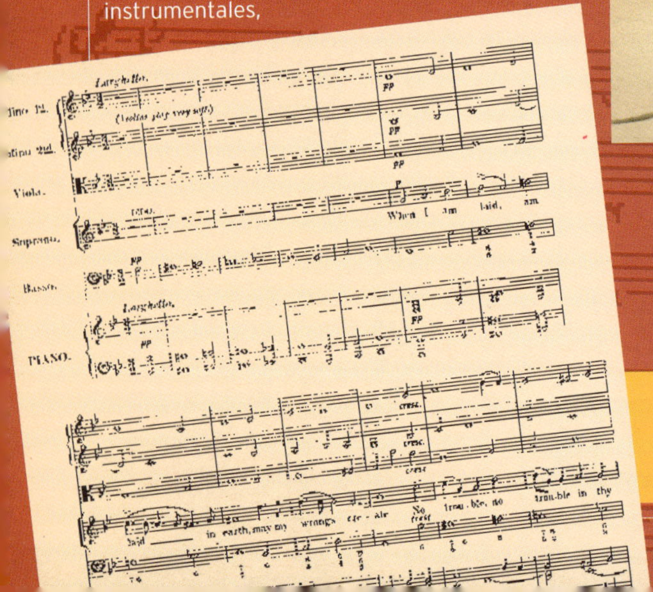

***Didon et Énée.* Henry Purcell. Extrait de la partition. 1689.**

Les Troyens à Carthage. Hector Berlioz. Opéra donné à l'Opéra-Bastille. 2006.

L'opéra à la française composé par Berlioz en 1858 comporte une alternance de scènes épiques, où les Troyens affrontent des dangers, et de scènes intimistes où Didon et Énée se confient leur passion. Dans cette représentation contemporaine, le décor frappe par sa simplicité. Seuls quelques objets rappellent l'origine orientale de Didon. Les amants vêtus de sombre forment un contraste avec la lumière environnante, ce qui symbolise sans doute l'issue tragique de leur amour.

Pour divertir, les arts de l'image s'emparent de l'histoire romaine. Les films appelés « péplums » reconstituent des moments célèbres ou inventent des héros. Les bandes dessinées peuvent être parfois des documents fiables sur la vie des Romains mais sont le plus souvent très fantaisistes.

Le film *Gladiator* raconte une histoire héroïque. Le personnage Maximus, joué par Russell Crowe, écarté du pouvoir par l'empereur Commode, est vendu comme esclave et devient gladiateur. Une fois dans l'arène, au moment de se battre avec les fauves, il accomplit sa vengeance. Sur l'affiche, le personnage, vêtu de sa tunique de gladiateur, se dresse tel un surhomme invincible, plus grand encore que le Colisée, cette vaste arène où se déroulaient les combats et que l'on voit en arrière-plan auréolée de couleur rougeâtre, comme le sang...

À partir de 1961, Goscinny et Uderzo ont mis en album le tandem Astérix et Obélix face à leurs ennemis éternels les Romains. Dans *Les Lauriers de César*, les deux Gaulois sont à Rome, dont on voit ici le forum et ses monuments. Ils doivent s'emparer de la couronne de lauriers de César, emblème de son pouvoir. Sur cette vignette, à la manière des anciens Romains, les personnages invoquent leurs dieux : Mercure, dieu de la ruse, pour le Romain qui va trahir les héros ; Toutatis pour les Gaulois, dieu purement imaginaire !

***Les Lauriers de César.* Une aventure d'Astérix le Gaulois. Goscinny et Uderzo. 1972.**

***Gladiator*. Film. Ridley Scott. 2000.**

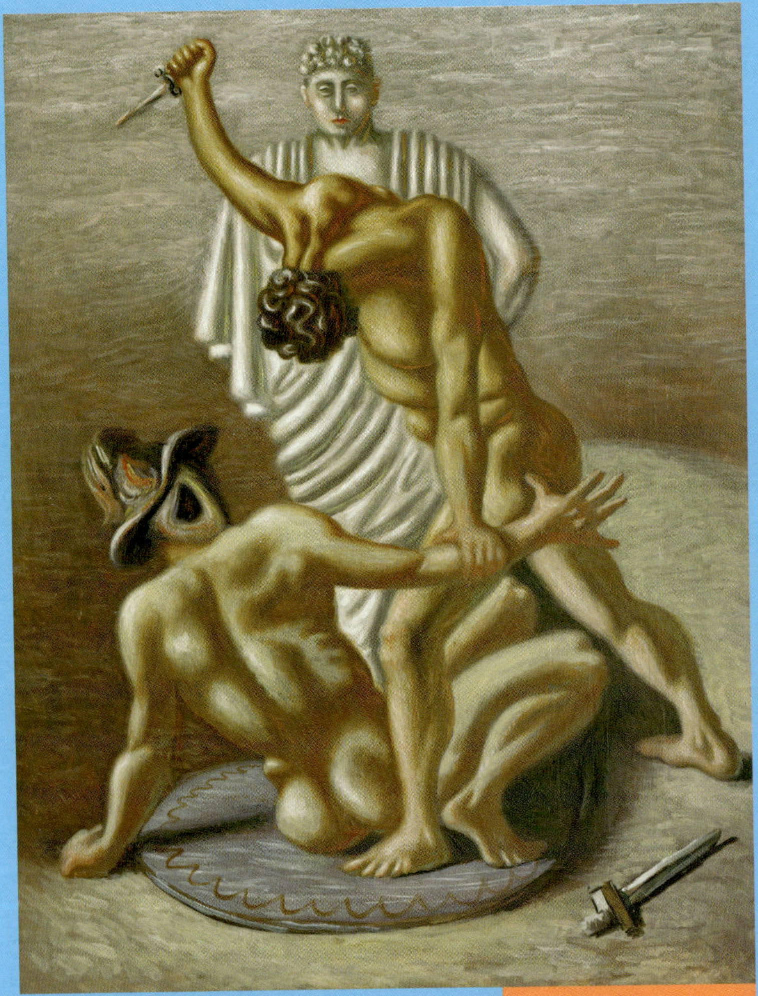

Gladiateurs.
Giorgio De Chirico.
Huile sur toile. 1936.

des négociations avec les Romains. Et la paix s'ensuivit ! On surnomma le héros Scaevola, ce qui veut dire « le Gaucher », puisqu'il avait perdu ainsi l'usage de sa main droite. Le sénat lui attribua comme récompense une terre sur la rive droite du Tibre qu'on a appelée « pré de Mucius ».

Clélie

La paix fut donc négociée, mais Porsenna n'accepta de lever le siège et de retirer son armée qu'à condition de garder quelques otages. Il fit évacuer ses troupes du territoire romain mais les otages se trouvaient toujours dans le camp qui longeait le Tibre sur la rive droite. Parmi eux se trouvait Clélie, une jeune fille d'un caractère remarquable. Elle avait été extrêmement impressionnée par le courage de Mucius Scaevola et était désireuse d'égaler à son tour le héros. Elle réunit un groupe de jeunes filles otages. Devant ses compagnes voilées, enveloppées de leurs longs manteaux comme en deuil, elle prit fermement la parole et leur exposa l'horreur de la condition de captives, d'exilées ; elle rappelait le souvenir célèbre des captives de Troie, leurs illustres ancêtres, prisonnières des Grecs. C'est pourquoi elle fit une suggestion audacieuse : s'enfuir en traversant le fleuve à la nage. Toutes les filles acceptèrent. Et sans attendre elles se précipitèrent dans l'eau. Les ennemis rétorquèrent vite et lancèrent une pluie de javelots sur elles. Plusieurs furent tuées, d'autres, blessées, mais beaucoup furent ainsi rendues à leurs familles. De nouveau, Porsenna était forcé d'admirer le courage des jeunes Romains et Romaines. Il déclara que cet exploit était supérieur aux deux autres. Mais il voulut garder avec lui l'héroïne, sans quoi il menaçait de rompre le traité. Il garantit qu'il empêcherait qu'elle ne fût violée et qu'il la rendrait plus tard intacte aux Romains, contrairement aux lois de la guerre. (Car c'était là le sort couramment réservé aux femmes que les soldats rencontraient et saisissaient sur la route des combats. Elles étaient violentées.) Porsenna tint parole et fit même encore mieux: en renvoyant Clélie dans ses foyers, il lui proposa de libérer elle-même la moitié des otages de son choix. Clélie désigna les garçons encore jeunes et imberbes. Pourquoi? D'une part, par décence: une jeune fille ne devait pas porter les yeux sur les hommes, d'autre part, parce que les jeunes garçons comme les jeunes filles risquaient d'être exposés à toutes sortes de sévices, selon ce même principe de violence et de domination sauvage qu'on appelle loi de la guerre. Ainsi Clélie sauva-t-elle la jeunesse romaine. On dit que les Romains érigèrent une statue équestre en son honneur.

Coriolan et Virginie

Le jeune Gnaeius Marcius

Gnaeus Marcius réunissait toutes les qualités que l'on attendait d'un Romain mais aussi ses défauts principaux. Son comportement, ses actions, ses aventures sont devenus légendaires car ils s'inscrivent dans les difficultés de fonctionnement de la République et correspondent aux destinées de la ville, ballottée de guerres intestines en revirements d'alliance.

Gnaeus était un bel homme que sa mère avait élevé seule dans le souvenir de son héros de père, mort lors de sa petite enfance, ainsi que dans le culte des aïeux, tous remarquables dans cette famille patricienne[1]. Son caractère était très fort, il était plein de courage, d'une endurance extraordinaire, et ne manquait pas à la tradition guerrière de la famille. Mais il avait aussi les défauts de ses qualités : peu sociable, peu accommodant, et même hautain, presque grossier parfois, surtout avec ceux qui n'étaient pas ses égaux dans la hiérarchie sociale. Peut-être l'éducation que recevaient les jeunes nobles de l'époque (vers 500 avant Jésus-Christ, aux débuts de la République) était-elle tellement tournée vers la pratique des armes qu'aucune place ne pouvait être donnée à l'apprentissage de l'adoucissement des mœurs. Très tôt, Gnaeus participa

1→ Patriciens : les familles les plus anciennes de Rome, qui constituaient une aristocratie.

à des guerres, car les conflits faisaient toujours rage entre les Romains et les peuples voisins. Souvenons-nous : les Tarquins exilés, réfugiés dans les villes voisines, alimentaient les haines ancestrales et les luttes pour la suprématie dans la région. Et les guerres étaient incessantes. Très tôt donc, Gnaeus fut remarqué au combat : on racontait souvent comment il avait sauvé un de ses concitoyens lors de la bataille du lac Régille[1] en le protégeant seul de son bouclier face à la horde déchaînée des Latins. Gnaeus rapportait fièrement à sa mère des récompenses, des couronnes de feuilles de chêne, l'arbre consacré à Jupiter. Sa mère (s'appelait-elle Véturie ou Vomumnie ? les historiens ne sont pas d'accord sur ce point) était une mère comblée, fière et profondément attachée à son fils. On raconte que, même lorsqu'il se maria, il garda toujours sa mère à son foyer.

La sécession de la plèbe et Menenius Agrippa

À Rome, les difficultés ne cessaient pas : en effet, les plébéiens[2] redoutaient de voir les patriciens prendre de l'importance et finir par restaurer la royauté (celle-ci n'était pas si loin dans le temps), tandis que les patriciens campaient sur leurs privilèges et n'hésitaient pas à infliger à la plèbe divers mauvais traitements. D'injustes arrestations avaient lieu ainsi que des emprisonnements pour dettes (alors que les anciens soldats, défenseurs patriotes, n'avaient plus de quoi se nourrir), et toutes

1→ En 496 av. J.-C.
2→ Ceux qui appartiennent à la plèbe, c'est-à-dire au peuple.

sortes d'autres sévices. Parmi ces patriciens, Gnaeus Marcius n'était pas le moins sévère : ainsi, au moment d'une grande famine en raison de la cherté du blé, celui-ci ne voulut-il faire aucune concession, aucune distribution gratuite de blé ; bref, il se comportait de la plus injuste façon. Devant cela, excédée, la plèbe investit le mont Sacré[1] à l'est de Rome : ce retranchement signifiait qu'il n'y avait plus de soldats, plus personne pour défendre la patrie. La plèbe retirée, la ville ne pouvait subsister ! Pour faire céder les plébéiens, on envoya le consul Menenius Agrippa leur parler. Il eut l'idée de raconter une belle histoire, une fable, un apologue, récits qui rendent claires la situation et les décisions à prendre même pour les esprits les plus simples : la fable des membres et de l'estomac montre les membres du corps lassés de nourrir un estomac qu'ils prennent pour un gros paresseux et décidés à faire une grève générale. « Mais si les membres ne travaillent plus, l'estomac n'est plus assez fort, et c'est le corps tout entier qui va mourir ! » Ainsi le consul se fit-il comprendre, et les plébéiens, qui avaient correctement déchiffré la leçon de Menenius Agrippa, mirent-ils fin à leur mouvement, eux, les membres indispensables au bon fonctionnement de cet estomac qu'était la cité. Ils obtinrent cependant à la suite de ce mouvement quelque chose d'indispensable à leur défense : la création de tribuns de la plèbe, c'est-à-dire de magistrats spécifiques, issus de leur milieu et voués à les défendre de façon légale.

1→ En 494 av. J.-C.

Coriolan

Mais la vie et la carrière de Gnaeus Marcius se poursuivait dans les combats. C'est surtout à la bataille de Corioles[1], ville appartenant aux Volsques, qu'il s'illustra. Tandis que les Romains campaient sous les remparts, les Volsques tentèrent une sortie en fin de soirée.

Marcius est tout de suite sur la brèche. Il se bat comme un beau diable, aidé d'une poignée d'hommes, il est terrifiant à voir, il abat la plupart des ennemis et repousse les quelques survivants jusqu'à Corioles. Là, il force les remparts, entre dans la ville affolée, se bat de façon prodigieuse, et enfin s'empare d'une torche avec laquelle il met le feu partout. Ce terrible incendie marqua la défaite de Corioles. Cette prise fut saluée par les Romains qui couronnèrent une fois de plus Marcius, lui attribuèrent le surnom de Coriolan, et lui donnèrent comme récompense tout le butin pris dans la ville ainsi qu'un cheval. Marcius fit preuve d'une grandeur d'âme que tous admirèrent : il accepta le surnom, le cheval, refusa le butin, et demanda comme récompense la vie sauve d'un habitant de Corioles avec qui il avait des liens d'amitié et qui avait été fait prisonnier. Un héros était né, une légende également !

Cependant le célèbre héros briguait le consulat. Pour l'obtenir il fallait faire campagne, et, comme de tout temps, exhiber ses talents à la foule. Marcius se devait de rappeler sa valeur militaire et, pour cela, se promenait au

1→ En 488 av. J.-C.

Forum[1] revêtu d'un manteau assez court qui lui permettait de montrer les innombrables cicatrices reçues au combat. Tel était à l'époque le meilleur passeport pour parvenir aux plus hautes charges de l'État (on n'avait pas encore trouvé, dit-on, la manière d'acheter des voix avec argent et cadeaux et de corrompre le corps électoral !). Pourtant, même admiré, même entré dans la légende, Marcius vit sa candidature écartée : son arrogance faisait craindre en lui un futur tyran ! Il en conçut une profonde amertume et en voulut au peuple. Ses discours, sous prétexte d'écarter les démagogues, devenaient de plus en plus méprisants à l'égard des gens du peuple et laissaient deviner une volonté de supprimer la fonction de tribun de la plèbe. Or ceux-ci venaient d'être créés, au soulagement du peuple. Bientôt, une série de procès furent intentés à Marcius. On lui demandait de se justifier et de prouver qu'il ne menaçait pas les intérêts du peuple. Marcius était mal défendu par une poignée de jeunes riches, tous plus privilégiés les uns que les autres. Il fut alors condamné au bannissement perpétuel pour tyrannie, après avoir échappé de peu à la mort. On raconte que Coriolan reçut la condamnation sans manifester la moindre émotion, qu'il embrassa calmement sa mère, sa femme, ses enfants, et qu'il partit dignement en exil. Il se réfugia chez les Volsques. Mais là, son amertume se donna libre cours, et il enflamma tellement le peuple voisin contre les Romains qu'ils préparèrent ensemble une nouvelle guerre.

1• Place centrale de Rome, siège de la vie publique.

À Rome, on ne se doutait de rien. Et pourtant de beaux prodiges auraient dû mettre la puce à l'oreille des Romains les plus avisés : en effet, un certain Titus Latinus fit un drôle de rêve : il vit Jupiter se fâcher et lui dire qu'il y avait un mauvais danseur en tête de la procession ! Rêve un peu confus, auquel il ne fit d'abord pas beaucoup attention. Mais la même vision se répéta une fois, puis une deuxième fois. Il n'y fit toujours pas plus attention jusqu'à ce que son fils soudain ne meure. Puis lui-même se vit atteint de paralysie. Là, il fallait faire quelque chose ! Il se fit alors transporter au sénat et raconta ses rêves. Le sénat fut perplexe et décida de recommencer une procession que l'on venait d'exécuter lors d'un sacrifice à Jupiter ! La justesse de sa décision apparut d'autant plus qu'on vit Titus Latinus se relever et quitter le sénat debout sur ses deux jambes ! Cependant personne n'avait compris la totalité du message divin. Car bientôt la guerre avec les Volsques recommença. En effet, Coriolan, qui avait bien préparé le terrain d'une attaque surprise avec ses hôtes, ajouta une autre manigance pour favoriser le conflit. Lors de jeux publics, qui étaient comme tous les jeux des moments de concorde entre les peuples, il vint à Rome et, au cours d'anodines conversations avec quelques sénateurs de sa connaissance, s'arrangea pour laisser entendre que les Volsques n'étaient pas venus en spectateurs de jeux mais en guerriers prêts à bondir sur les Romains. Cette double traîtrise à l'égard des Volsques comme à l'égard des Romains déclencha une nouvelle guerre. Coriolan, qui combattait toujours chez les Volsques, continua encore son double jeu : de traîtrise en traîtrise, il attisait partout autour de lui les haines. Et le voilà qui, tout en participant à la campagne militaire volsque, épargnait en même temps les terres des patriciens romains, ses anciens collègues ! Peut-être y gagnerait-il quelque chose plus tard, devait-il se dire. D'ailleurs, la plus grande confusion régnait à Rome ; les Romains ne savaient plus qui croire, que faire, à quel saint se vouer dirait-on à des époques plus chrétiennes ! Les Volsques aussi étaient bien tentés de considérer Coriolan comme traître. Quelle issue allait-elle être donnée à cette guerre ? Rome envoya plusieurs ambassades auprès de Coriolan pour conclure des accords de paix, mais celui-ci demeurait inflexible. Alors les Romains eurent l'idée de lui envoyer sa mère, sa femme et ses enfants. La scène de rencontre fut si touchante qu'elle resta gravée dans les mémoires : le terrible soldat, le traître, le chef des plus sombres machinations, toujours prisonnier de son attitude dure et orgueilleuse, fut alors vaincu par les larmes des femmes ! Il fit arrêter la guerre et signer des accords de paix. Il suggéra d'élever un temple à la Fortune. (Ce fut la première divinisation d'une idée abstraite.) La statue que l'on plaça dans ce temple a-t-elle parlé pour remercier les Romains ? Certains l'ont cru, mais nul ne saura ce qu'il en fut !

Qu'advint-il du héros ? A-t-il vieilli seul en exil, radotant sans cesse « l'exil est bien dur pour un vieillard » ou bien, coupable d'orgueil et ainsi responsable de sa propre chute, fut-il l'objet d'une conjuration et mourut-il sous les coups des conjurés ? Les historiens ne le savent pas, les écrivains inventeront une fin héroïque à ce personnage légendaire.

Virginie

À l'inverse de Coriolan, l'origine de Virginie est plébéienne. Elle était la fille de Verginius, premier centurion (sorte de capitaine de l'armée romaine). C'était un citoyen et un soldat modèle. Virginie fut élevée dans des principes de droiture et de pudeur, cette dernière qualité étant essentielle chez les jeunes filles romaines. Son père la fiança à Icilius, ancien tribun de la plèbe, mais qui restait toujours un activiste dans la lutte sociale et la défense de ses concitoyens plébéiens. En effet, le peuple, dans cette République balbutiante, avait du mal à maintenir ses droits, surtout que l'on avait institué un comité de *décemvirs* (dix hommes) chargés de rédiger un code juridique. Mais n'était-ce pas en réalité une sorte de pouvoir oligarchique[1] qui pointait là son nez?

Virginie était d'une beauté remarquable. Alors qu'elle atteignait l'âge nubile de treize ans, Appius Claudius, patricien, la remarqua et s'éprit d'elle. Sa passion, associée surtout au pouvoir dont il disposait, lui, l'homme de loi si riche et si puissant, devint dévorante. Il voulait cette fille. Il lui fit d'abord une cour assidue: présents, déclarations, promesses de richesse et de situation enviée au sein de la cité. Mais celle-ci refusait obstinément et dignement. Le prétendant repoussé eut recours aux moyens habituels chez ce type d'homme puissant et riche: l'abus de pouvoir et la violence. Cette violence s'exerça non de façon directe

1→ Il s'agit du pouvoir d'un très petit groupe d'hommes.

mais d'une manière plus insidieuse. Alors que la jeune fille se rendait avec sa nourrice aux baraques situées sur le forum où l'on dispensait des rudiments d'enseignement (lire et compter) aux filles de sept à treize ans, un agent d'Appius, un « client », ainsi que l'on appelait ces hommes à la solde des riches patriciens, s'empara de la jeunette et la déclara à voix forte « son esclave » ! Aussitôt, la nourrice se mit à hurler au secours et un rassemblement se forma rapidement. On criait, on invoquait le nom célèbre de Verginius, centurion admiré, le nom d'Icilius, tribun respecté. L'affaire fut portée en justice. Mais qui jugeait ? Appius lui-même, selon le principe de cette cité où justice était rendue par ceux-là mêmes qui avaient les richesses ! Le client débita son odieux mensonge : « Virginie n'est pas la fille de Verginius, mais une esclave qui m'appartient, qui a été déportée chez lui et qu'on lui a présentée comme sa propre fille ! » Tous de se récrier et de réclamer la présence du père. Or celui-ci se trouvait au camp militaire, en entraînement, hors les murs. Le procès fut donc différé, Appius pensant que ce délai de toute façon ne serait pas un obstacle à ses désirs. Il déclara toutefois que, en attendant l'arrivée du père, la jeune fille resterait sous le pouvoir du demandeur. Cette nouvelle injustice était odieuse. Elle laissait supposer que, comme pour toutes les esclaves, le sort réservé à Virginie était la soumission aux désirs et sévices du maître. Aussitôt accourut le fiancé : il rappela haut et clair les principes démocratiques de liberté et de justice pour tous dans cette jeune République romaine, et menaça Appius et ses pairs de la révolte du peuple.

L'affaire, de personnelle qu'elle était, passait au plan des luttes sociales et politiques entre plébéiens et patriciens. On attendait l'arrivée du centurion. Le lendemain, à l'aube, toute la ville était déjà au forum, anxieuse de la suite des événements. Arriva Verginius, tout de noir vêtu, couleur du deuil, accompagné de femmes respectables et d'une foule de partisans. Virginie, en haillons, pleurait en silence. En face, Appius gardait son attitude arrogante et froide. La sentence fut prononcée de cette façon : « Les mouvements de foule ne sont que des mouvements d'humeur passagère ! La jeune fille est esclave et le restera ! » La stupeur saisit la foule devant tant d'injustice ! Puis les gémissements des femmes et les grondements des hommes se firent entendre. Verginius s'exclama : « Les femmes du peuple ne sont pas du bétail soumis aux volontés des puissants, nous allons prendre les armes ! » La réponse d'Appius fut de faire intervenir ses licteurs[1] qui s'emparèrent violemment de la prétendue esclave. Verginius demanda alors une ultime faveur : celle de s'entretenir avec sa fille et sa nourrice une dernière fois pour entendre leurs explications. Il les emmena à l'écart, au bord nord du forum, près d'une chapelle dédiée à Vénus. Il se saisit d'un couteau à l'étal d'un boucher tout proche (il y avait toujours des bouchers près des autels des dieux pour vendre les animaux à sacrifier). Il s'écria : « Ma fille, c'est le seul moyen de te rendre la liberté ! » et il la frappa

1→ Garde rapprochée instaurée par Romulus.

au cœur! Il hurla à Appius: « Par ce sang, malédiction sur toi! » La foule, déchaînée de colère, escorte Verginius, entoure Icilius, se jette sur les licteurs et brise leurs faisceaux, geste symbolique qui abat la puissance des magistrats. L'agitation gagne, la révolte gronde partout jusqu'au camp à l'extérieur de Rome où Verginius en larmes raconte aux soldats le geste épouvantable qu'il a dû commettre face à la tyrannie des patriciens. La réaction populaire fut alors de renverser les décemvirs, de recréer les tribuns militaires, tandis que tous les soldats de la région sabine se soulevaient. Les deux armées réunies, les Sabins et les Romains, pénétrèrent à Rome, traversèrent la ville et se rendirent comme autrefois sur le mont Sacré. La majeure partie du peuple les avait accompagnés et ainsi Rome était déserte. Le sénat envoya des ambassadeurs pour négocier le retour au calme. Le tribunat de la plèbe fut rétabli. Malgré le désir de la foule de voir les décemvirs brûlés vifs, certains porte-parole réussirent à convaincre que la reconquête de la liberté était plus importante que la sombre vengeance. La République fut ainsi restaurée[1]!

1→ C'était en 486 av. J.-C.

Camille

On considère Camille comme le deuxième fondateur de Rome après Romulus. En effet, sa carrière fut exceptionnelle. En tant que général d'armée, il remporta quatre triomphes ; en tant que magistrat, il fut cinq fois dictateur, magistrature exceptionnelle attribuée à des hommes exceptionnels en cas de guerre. Des prodiges ont jalonné sa carrière, ce qui accentuait sa gloire et montrait la protection des dieux sur sa personne.

Les débuts de Camille : des prodiges

Cette année-là, l'été se déroula sans problème météorologique particulier. Les lacs du Latium étaient, comme d'habitude, presque à sec. Un jour d'automne, le lac albain se mit soudain à grossir. Les eaux montèrent, montèrent jusqu'aux sommets des collines environnantes, sans perturbation de flots, sans mouvements des ondes. Sous le poids des eaux ainsi accumulées, une sorte de digue naturelle qui les retenait en contrebas se rompit et un énorme torrent dévala jusqu'à la mer. On en ressentit de l'épouvante mais, surtout, on y vit le signe de grands et terribles événements à venir. À l'époque, les Romains poursuivaient leur expansion dans le Latium[1] et menaient le siège de la ville de Véies. Comme les sièges

1→ C'était dans les années 405-400 av. J.-C.

guerriers duraient généralement de longs mois, il arrivait que, par désœuvrement, ennemis et ennemis papotent de part et d'autre des lignes. C'est ainsi qu'un soldat de Véies, averti par quelque signe divin, révéla à un Romain que sa ville ne pourrait être prise que lorsque les Romains auraient repoussé ou dévié les eaux du torrent. Dans ces affaires, à cette époque, on disposait toujours d'un peu de temps. Rien ne pressait. On envoya alors des ambassadeurs à Delphes, en Grèce, pour consulter sur place et à la source même le plus célèbre oracle de l'Antiquité et recevoir directement la parole d'Apollon. Le dieu consulté répondit qu'il était nécessaire d'écarter de la mer les eaux du lac albain, et de faire des fossés, mais que, avant tout, il fallait mettre un peu plus d'ardeur dans la pratique des rites religieux. Camille, au poste de dictateur, promit d'observer les recommandations du dieu et ajouta qu'il s'engageait à élever un temple à Mater Matuta, la déesse du matin, s'il était victorieux. Avec tout cela, Camille s'était gagné la faveur des dieux : il vainquit Véies, mais aussi les Falisques, les Capénates, tous ces voisins prêts à se liguer contre Rome. Comment les Romains réussirent-ils à prendre la ville de Véies après un si long siège infructueux ? Ils creusèrent une galerie souterraine, ce qui leur permit d'arriver au temple de Junon en plein milieu d'un sacrifice. Le devin était précisément en train de dire que la victoire serait accordée à ceux qui termineraient le sacrifice en cours. Et les Romains entendirent cela ! Ils se précipitèrent sur l'autel, chassèrent violemment les Véiens, s'emparèrent des entrailles de la victime et les donnèrent à

Camille. En effet, les hauts magistrats à Rome avaient aussi les pouvoirs religieux, ce qui était évidemment bien pratique pour guider les Romains là où on le voulait ! Camille acheva le sacrifice, et remporta la victoire. Simple ! Mais Camille était réellement très pieux. Devant le ravage de la ville ennemie, il adressa une prière à Jupiter : « Nous n'agissons pas injustement, ce sont les lois de la guerre qui nous poussent à détruire cette ville. Si jamais nous devons en être punis, que le châtiment en retombe sur moi et sur moi seul ! » Comme il pivotait sur la droite, ainsi qu'il est prescrit de le faire à la fin d'une prière, voilà qu'il glissa, et, pouf, se retrouva par terre ! Tout endolori, il réussit à se relever et s'exclama : « Ma prière est donc exaucée ! Me voilà puni ! » Comme il était facile d'interpréter les volontés des dieux chez les Romains !

À Rome, Camille fit construire un temple qu'il dédia à Mater Matuta, la bonne mère, comme promis. On y transporta la statue de Junon qui était à Véies. On raconte que celle-ci lui dit à voix basse qu'elle acceptait de protéger particulièrement les Romains et leur cité. Mais c'était impossible à vérifier. La cérémonie la plus célèbre pratiquée dans ce temple est réalisée le 11 juin, qui est le mois de Junon, par les matrones, les femmes mariées[1]. Les femmes font entrer une servante dans l'enceinte sacrée, elles la frappent de verges, puis la jettent dehors, devant les Romaines réunies portant dans leurs bras non pas leurs propres enfants mais leurs neveux et nièces.

1→ C'est la fête des *Matronalia*.

Les erreurs de Camille

De plus, après cette bataille de Véies, Camille avait fait également vœu de livrer son butin personnel à Apollon dans son temple de Delphes. Or, oublia-t-il simplement son vœu ou voulait-il s'enrichir ? Toujours est-il qu'il n'apporta rien à Delphes et que le peuple fut indigné qu'il ne respecte pas sa parole. D'autant plus que les soldats eux-mêmes avaient déposé leur contribution pour que l'on fonde, avec tout cet or amassé, un cratère en or destiné à partir pour le célèbre sanctuaire grec. Comme il manquait un peu du précieux métal, les femmes elles-mêmes avaient apporté leurs bijoux pour réaliser le vase. Pour cet acte de générosité, on les récompensa en leur accordant pour la première fois le droit de recevoir un éloge officiel à leurs funérailles. La réputation de Camille commençait donc à vaciller auprès du peuple. De plus, on n'apprécia guère la manière dont il conduisit son triomphe. Habituellement, le général triomphateur remontait en cortège la *Via Sacra*. Or Camille, lui, avait déambulé dans toute la cité sur un char attelé de chevaux blancs, animaux réservés au seul Jupiter. Cet acte ostentatoire et prétentieux, aucun général vainqueur n'avait osé le faire jusque-là ! Tout cela le fit progressivement considérer comme une sorte d'ennemi de la patrie. Pire encore ! N'avait-il pas privé les soldats de leur moyen habituel de s'enrichir ? Ceux-ci avaient coutume de piller les villes ennemies et s'enrichissaient ainsi de toute sorte de butin. Or, au siège de Faléries, rien de tout cela ne put avoir lieu. Les soldats ne purent faire main basse sur les richesses des ennemis. On se raconta souvent par la suite cet événement. Voici ce qui s'était passé : pendant le siège, un maître d'école trahit sa patrie. Tous les jours, il se rendait avec ses petits élèves sur les remparts, sous prétexte d'enseigner. Peu à peu, il parvint aux avant-postes, puis des avant-postes aux lignes ennemies elles-mêmes, et là, il livra les enfants en échange de la paix. Camille fut indigné de cette trahison, renvoya le maître nu et enchaîné à ses concitoyens, et laissa finalement la ville gérer les conditions de la paix avec le sénat de Rome. Jusque-là, rien que de louable ! Excepté que, avec cette façon amiable de régler le conflit, les soldats romains ne pouvaient plus se jeter sur les biens des ennemis et en faire leur butin. Le peuple était frustré ! On accusa alors Camille de priver le peuple de sa subsistance. On lui intenta un procès, malgré ses peines personnelles, car un de ses fils venait de mourir de maladie. Camille ne supporta pas d'être accusé injustement, lui, défenseur de la patrie, épris de justice ! Il partit en exil, mais non sans avoir lancé contre ses concitoyens ingrats une série d'imprécations. Un malheur s'abattrait-il sur la ville en l'absence de Camille et à cause de son injuste condamnation ?

L'arrivée des Gaulois

Justement apparaissaient des présages funestes. Un honnête citoyen entendit la nuit une voix inhumaine, venue sans doute d'outre-tombe, lui ordonner : « Va dire aux magistrats qu'ils attendent les Gaulois ! » En haut lieu où l'affaire fut transmise, on en rit et l'on considéra cet homme comme un fou. On n'aurait pas dû ! Car les Gaulois descendirent bel et bien du nord ! On raconte qu'un jour, chez eux, dans la Gaule Chevelue[1], ils eurent l'occasion de goûter une boisson importée d'Italie, du vin pour tout dire. Cette boisson, ils la trouvèrent si délicieuse qu'ils considérèrent qu'elle méritait bien un petit voyage vers le sud, et même, pourquoi pas, une véritable émigration pour cultiver la vigne, cette plante si prometteuse. Les barbares[2] s'engagèrent sur les routes d'Italie et arrivèrent en Étrurie au nord de Rome. Ils narguaient les Romains. Des échauffourées avaient lieu. Malgré cela, les Romains envoyaient des ambassades pour tenter de composer et de négocier avec ces êtres mal vêtus et désordonnés. Un jour, un ambassadeur romain, un certain Fabius, de la grande famille patricienne des Fabius, se comporta en dépit du bon sens : alors que les combats étaient suspendus pour cause de négociations, il aperçut un magnifique Gaulois, un grand blond à l'allure guerrière, qu'il crut mal intentionné : il se précipita sur lui et le tua ! À cette nouvelle, Brennos, roi des Celtes[3], n'eut aucun mal à convaincre ses soldats que les Romains ne respectaient pas les lois de la guerre puisqu'ils assassinaient même pendant les trêves. Les Celtes, indignés, marchèrent immédiatement sur Rome. Ils laissaient intacts les territoires qu'ils traversaient, uniquement préoccupés de foncer sur la ville. Romains et Celtes se retrouvèrent au bord de la rivière

1→ L'expression fait allusion à la vaste étendue de forêts qui recouvre la Gaule.
2→ Les Grecs et les Romains appelaient « barbares » tous ceux qui ne parlaient pas leur langue, c'est-à-dire les étrangers.
3→ Autre terme pour désigner les Gaulois.

Alia, au nord de Rome. Cependant, les Romains, depuis le départ de Camille, étaient dans la plus grande confusion. Les chefs trop nombreux, la désorganisation, tout les empêchait de mener une bataille correcte. Leur déroute devant les barbares fut honteuse ! (Le jour de cette défaite est resté un jour néfaste, début juillet.) Les Celtes auraient pu entrer facilement dans la ville en déroute. Pourtant, ils prenaient du bon temps ! Ils s'occupaient à se partager les richesses qu'ils avaient pillées dans le camp de l'Alia, et aussi à festoyer. C'est pourquoi les Romains purent quitter en cachette la cité qu'ils laissèrent déserte, tandis qu'une petite partie se retrancha sur le Capitole avec les objets sacrés. Mais les prêtres et les vieillards ne purent se résoudre à quitter leur ville. Ils revêtirent leurs habits sacrés et allèrent s'asseoir sur leurs sièges en ivoire, appuyés sur leur bâton, acceptant de vouer leur vie aux dieux et à la patrie. Les Gaulois parcourant le forum désert eurent la surprise de voir assis, immobiles et silencieux, des êtres qu'ils crurent supérieurs. Inquiets, stupéfaits, ils les contemplèrent, s'approchèrent peu à peu, puis s'enhardirent à les effleurer. L'un d'eux osa même étendre la main vers un certain Manius Papirius, approcha de son menton et lui tira la barbe qu'il avait fort longue. En un éclair, comme mû par un ressort, Papirius leva sa canne et lui en asséna un bon coup. Le barbare dégaina aussitôt son glaive et le tua. Dès lors, ils se mirent tous à saccager la ville et à tuer tous ceux qu'ils rencontraient.

Les oies du Capitole

Camille, depuis la ville d'Ardée où il s'était réfugié en exil, apprit le désastre de Rome. Dans le souci de porter secours à sa patrie, il élabora des plans et donna des conseils aux Ardéates. D'abord, il observa soigneusement le comportement des barbares et se rendit compte qu'après leurs expéditions ils rentraient au camp et buvaient jusqu'à s'enivrer. Il fit alors sortir les Ardéates de nuit pour massacrer les Gaulois surpris dans leur lourd sommeil. Ensuite, sur demande et vote des assiégés du Capitole, il accepta de reprendre le commandement. Mais il lui fallait un vote écrit conformément à la loi, car Camille restait toujours respectueux de la législation romaine. Comment alors communiquer avec le Capitole ? Un certain Cominius, un de ces Romains épris de gloire et de belles actions, s'offrit comme messager. Il revêtit un pauvre habit, prit des morceaux de liège et en pleine nuit gagna le fleuve qu'il franchit en flottant sur le liège. En silence, il gagna le pied du Capitole et entreprit l'escalade de la partie la plus escarpée. L'ascension était périlleuse et difficile mais il s'en acquitta le plus discrètement possible. Il rejoignit les gardes, exposa l'objet de sa mission, recueillit le vote des sénateurs accordant à Camille la dictature et retourna à Ardée par le même chemin. Or les Gaulois de Rome passant sous le Capitole remarquèrent des traces et des éboulis suspects. Ils en avisèrent Brennos leur chef qui, après inspection des lieux, comprit l'affaire : « Les ennemis nous montrent la route. Cette citadelle n'est pas si inaccessible ! Allons-y ! » Les Gaulois s'attaquèrent donc à leur tour à l'ascension. Ils gravirent en silence le rocher, et déjà les premiers parvenaient au sommet, lorsque les oies consacrées à Junon, parquées dans l'enceinte du temple, se mirent à criailler, alertées par le moindre bruit car ces animaux ont l'ouïe très fine. Toute la garnison fut ainsi éveillée et les Romains soutinrent alors vaillamment l'assaut. Au milieu des défenseurs, un certain Manlius redoublait de courage : il affrontait deux ennemis à la fois, donnait du glaive de tous côtés, jouant de son bouclier : ainsi il trancha net la main d'un Gaulois tandis qu'avec son bouclier il en poussait un autre dans le vide par-dessus la roche Tarpéienne. Les assaillants furent ainsi vite tous éliminés car ils n'étaient pas si nombreux à s'être lancés dans cette escalade. Camille, informé de cet épisode, se rendit rapidement à Rome. Brennos était justement en train de conclure un accord avec les assiégés : il réclamait de l'or contre le retrait des Gaulois. Déjà, la transaction était commencée et une balance était remplie d'objets en or lorsque Camille s'approcha. De son ton impérieux, il ordonna aux ennemis de se pousser, il jeta à terre la balance et l'or, et s'exclama : « Les Romains ne sauvent pas leur patrie avec de l'or mais avec le fer ! » C'est donc par un dernier combat qui suivit cette exclamation que les Gaulois furent vaincus. Camille les mit en déroute, les poursuivit et massacra les derniers fuyards. Il lui fallut ensuite purifier la ville par une série de sacrifices, relever les anciens sanctuaires, reconstruire. Il fit alors ériger un nouveau temple dédié à la Rumeur, *Rumor*, la parole déifiée, à l'endroit où un homme avait entendu une voix annoncer l'arrivée des

Gaulois. L'ardeur des Romains à reconstruire leur ville fut telle que son plan, dit-on, en est resté irrégulier ! En délimitant les endroits sacrés, on retrouva près de la chapelle du dieu Mars le bâton augural de Romulus enfoui sous les cendres. Ce bâton servait à délimiter dans le ciel les zones où observer le vol des oiseaux pour pratiquer la divination. Que ce bâton ait échappé à la destruction relevait du prodige et signifiait de toute évidence la durée éternelle de la ville. Celle-ci renaissait grâce à Camille, qui fut alors considéré comme son deuxième fondateur.

La fin de la carrière de Camille

Camille, tout en prenant de l'âge, continua à assurer sa carrière de la plus brillante façon. Il mena encore d'autres campagnes militaires pour le compte de Rome. Il s'occupait de protéger les plus faibles si bien que l'on peut faire le total de ses dictatures : cinq ! Exceptionnel parcours ! On raconte qu'on fabriqua une coupe d'or, sur laquelle on grava son nom, et que cette coupe s'est trouvée longtemps au pied de la statue de Junon dans le temple de Jupiter. Car les peuples latin, celte, étrusque furent tous soumis à la puissance romaine grâce à l'efficacité, la bravoure, et la popularité de Camille. À l'intérieur de la cité, il comprit qu'il fallait atténuer les luttes de classes et conseilla de recruter un des deux consuls parmi les plébéiens. L'égalité entre patriciens et plébéiens devenait enfin effective. Sans oublier qu'en plus de ces qualités militaires et politiques, il avait aussi réalisé des inventions astucieuses : il avait par exemple observé comment frappaient les barbares : ceux-ci brandissaient leurs épées de haut en bas et abattaient leurs armes de toutes leurs forces sur les têtes. Camille demanda alors que l'on forge des casques entièrement en fer, de forme bien arrondie et surtout bien polis pour que les épées glissent et dérapent, tandis qu'il faisait renforcer par ailleurs les boucliers de bois avec des lamelles d'airain, évidemment bien plus résistantes.

Avant de mourir très âgé lors d'une épidémie de peste, Camille avait fait élever un temple à la Concorde. Il est vrai que, grâce à lui, la concorde et la paix étaient revenues sur la péninsule italique et que cette situation méritait que l'on déifiât cette Concorde. Désormais, aux plus beaux jours de la République, les dieux romains pouvaient être honorés dans leur plus grande diversité. Dieux anciens, dieux étrangers, allégories divinisées, tout ce monde-là participait à la grandeur de la Ville éternelle et protégeait les Romains comme un peuple élu des dieux éternellement.

PARTIE V

Expansion et assimilation : histoires de dieux

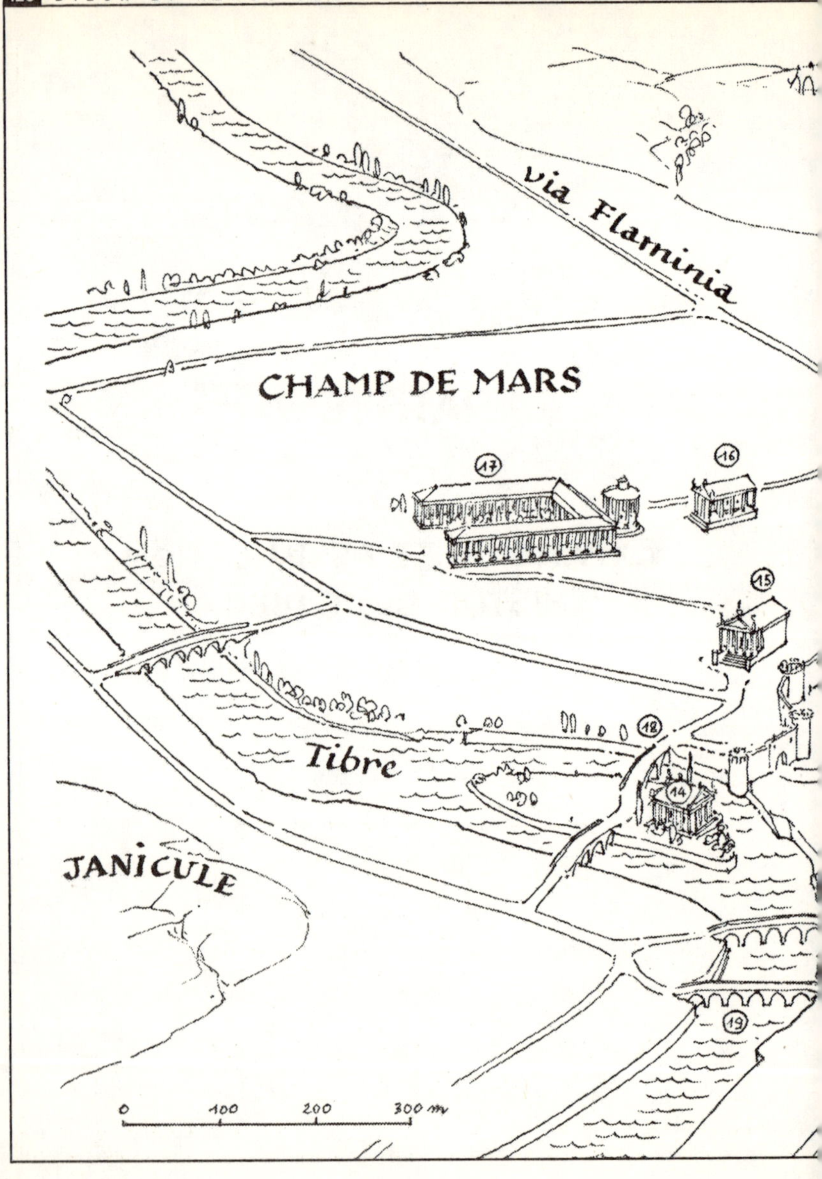
via Flaminia
CHAMP DE MARS
17
16
15
18
14
Tibre
JANICULE
19
0 100 200 300 m

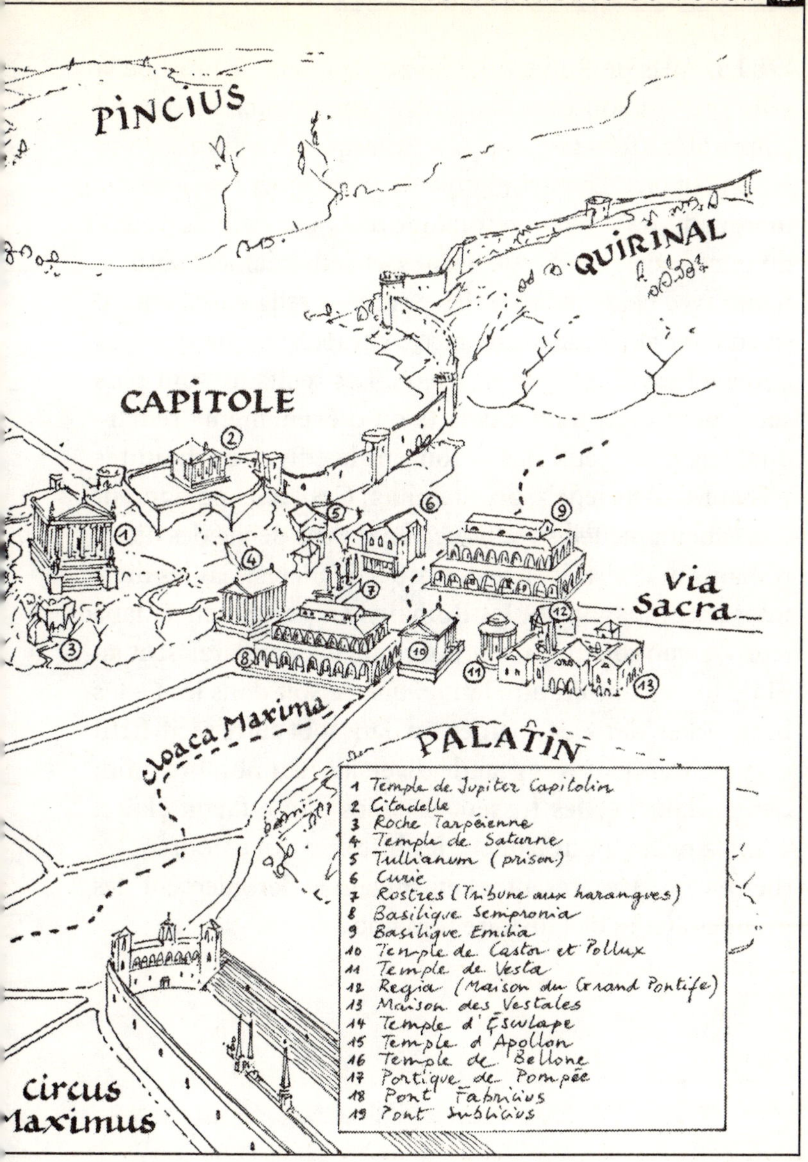
PINCIUS
QUIRINAL
CAPITOLE
Via Sacra
Cloaca Maxima
PALATIN
Circus Maximus
1 Temple de Jupiter Capitolin
2 Citadelle
3 Roche Tarpéienne
4 Temple de Saturne
5 Tullianum (prison)
6 Curie
7 Rostres (Tribune aux harangues)
8 Basilique Sempronia
9 Basilique Emilia
10 Temple de Castor et Pollux
11 Temple de Vesta
12 Regia (Maison du Grand Pontife)
13 Maison des Vestales
14 Temple d'Esculape
15 Temple d'Apollon
16 Temple de Bellone
17 Portique de Pompée
18 Pont Fabricius
19 Pont Sublicius

Les légendes de Rome s'édifiaient en même temps que la ville prenait son expansion. Des dieux anciens ont été empruntés à tous les peuples avec lesquels les Romains ont été en contact. La partie suivante va évoquer les éléments marquants de la religion romaine dans son évolution au fil du temps, avec ses particularités, et cette manière surprenante avec laquelle toutes les pratiques religieuses ont pu se côtoyer et s'unir d'une façon caractéristique que l'on appelle le syncrétisme religieux. Les récits ne sont plus seulement ceux de hauts faits ou d'événements remarquables, mais ceux qui entourent les diverses divinités romaines dans leur aspect familier. Ces récits ne figurent dans aucun recueil spécifique, il n'y a pas de vie des dieux romains ni d'histoires de dieux particulières. Car les divinités accompagnaient les Romains en permanence dans leur vie quotidienne. C'est pourquoi elles apparaissent au fil de toute la littérature latine, que ce soit dans les textes historiques, dans les poèmes, ou dans tout autre récit, fictif ou pas. Mais leur très grande diversité, leur nombre infini demandait qu'elles fussent classées d'une façon claire. C'est la raison pour laquelle les histoires qui entourent les dieux vont être présentées en suivant le déroulement des grandes étapes de l'histoire romaine.

Dieux de la cité : les triades capitolines

Le panthéon[1] romain est très varié. Les dieux sont nombreux, ils viennent de partout, de l'ancien temps, des autres régions du monde antique, mais, quelle que soit leur origine, ils sont de toute façon devenus romains. En effet, les Romains ont su intégrer puis assimiler tout ce qui venait de l'étranger, y compris les religions et les dieux[2].

Le citoyen de Rome vit donc quotidiennement avec les dieux. Il sait qu'il les consultera pour chaque événement de sa vie et que ceux-ci rempliront leurs fonctions d'assistants. Car peu importe ce qu'il faut croire, peu importe d'où proviennent les divinités, l'essentiel est le geste que l'on va accomplir, le rituel que l'on va respecter, afin d'être en règle avec les dieux et pour que ceux-ci aménagent au mieux la vie de tous les jours.

Lorsque le Romain se promène dans sa cité, la présence des dieux lui est en permanence rappelée, comme si les dieux étaient aussi des citoyens. Partout, des temples, des autels, des chapelles. Ici, on offre un sacrifice, ici, on dépose des offrandes, ici se déploie un cortège en prière. Nul besoin de se raconter des histoires, de fabuleuses légendes

1→ Ensemble des dieux.

2→ C'est ce que l'on appelle le syncrétisme : système qui unit plusieurs doctrines différentes.

car ces dieux n'ont guère d'aventures intéressantes pour le commun des mortels dont les préoccupations sont beaucoup plus terre à terre. De même que dans la vie quotidienne le Romain pratique le négoce, fondé sur le principe du « *do ut des!* », « je te donne pour que tu me donnes! », de la même façon le Romain en use avec les dieux : « Ici et maintenant, *hic et nunc*, agissez, exprimez vos sentiments, vous les dieux, comme des concitoyens, mais surtout soyez utiles et efficaces ! Un petit prodige, un petit avertissement magique et nous reconnaîtrons vos désirs et saurons bien vous en remercier par quelque présent. Votre fonction première sera de nous protéger et d'assurer la gloire de Rome ! » Ces partenaires collaborent à la vie des citoyens, se répartissent les tâches et ne profitent ni de leur supériorité, ni de leurs pouvoirs immenses liés à leur immortalité. Ainsi pensaient les Romains.

Une promenade dans Rome montre la présence des dieux et les attitudes que peuvent avoir les citoyens.

Celle-ci peut commencer par le Capitole[1] car c'est là l'endroit sacré depuis la nuit des temps et c'est là que siègent les principaux dieux qui protègent la ville.

Les principaux dieux tutélaires[2] furent d'abord trois puis six au fil de l'histoire.

1→ L'étymologie du mot capitole renvoie à *caput*, « la tête ».
2→ *Tutus*, « qui protège ».

La première triade capitoline

Dans les temps anciens, on honora ensemble la triade composée de Jupiter, Mars et Quirinus, comme si ces trois-là représentaient les trois fonctions importantes d'une cité : le pouvoir, essentiellement religieux, la guerre et la vie économique, c'est-à-dire d'abord les activités agricoles.

Jupiter

Jupiter était le père des dieux (comme Zeus le Grec, à qui il ressemble beaucoup). Son nom provient des mots *dovis*, qui signifie « dieu », et *piter*, qui signifie « père », donc *diospiter* est Jupiter, père des dieux. Il avait la responsabilité du ciel, brandissait la foudre, répandait vents et pluie. Grâce à lui, les récoltes pouvaient prospérer, à condition cependant qu'il reçût les honneurs attendus, particulièrement dans son temple sur le Capitole. Pour qu'il soit satisfait, on lui donnait des surnoms très favorables. Par exemple, il allait être beaucoup plus efficace si on l'appelait *Optimus*, « le très bon », ou *Maximus*, « le très grand ». Et, selon les besoins du jour, il était *Pluvius*, celui qui fait venir la pluie, *Fulgurator* ou *Fulminator*, celui qui maîtrise la foudre, *Tonans* ou *Tonitrualis* lorsqu'on devait l'apaiser et quand on avait peur que sa très grande colère n'abimât les récoltes par de violents orages. Les prières devaient donc commencer par l'invocation de son nom, puis de son surnom, attribué en fonction du besoin spécifique que l'on avait de lui.

Avant tout, Jupiter protégeait et garantissait le succès

politique de la ville, sa stabilité, sa puissance. On allait donc l'adorer officiellement chaque année. Les généraux vainqueurs marchaient en cortège triomphal sur la *Via Sacra*, la « voie sacrée », qui conduisait à son temple pour lui offrir les dépouilles des ennemis. Ce temple dominait toute la ville, d'autant plus qu'il était surmonté, à la fin de l'époque républicaine, d'un immense quadrige[1] en bronze resplendissant au soleil. Volontiers familiers avec leurs dieux en cas de succès militaire, les Romains le surnommaient alors *Victor*, « le vainqueur » ; *Stator*, celui qui résiste ; *Triumphator*, celui qui réussit. Et, pour être plus sûr encore de pouvoir compter sur ses bienfaits, on lui bâtissait d'autres temples dans Rome. D'ailleurs, dans les conversations quotidiennes, on ne cessait de l'invoquer : *Jove !* (Par Jupiter !) s'exclamait-on à tout bout de champ. Sa couleur était le blanc : les *flamines dialis*, prêtres chargés de son culte, portaient un bonnet blanc, les consuls (les deux magistrats supérieurs de la République) mettaient une toge blanche pour offrir leur sacrifice d'entrée en fonction, et c'étaient des animaux blancs, taureaux, bélier, que l'on égorgeait. Ce blanc devait rappeler sans doute que, lorsque le grand dieu s'éloignait de l'Olympe[2] neigeux, son char était tiré par quatre chevaux blancs, ou que l'éclair qu'il brandissait était éblouissant de blancheur. D'ailleurs, seul Jupiter avait le droit d'avoir quatre chevaux blancs. Quel ne fut pas le scandale que provoqua Camille

1→ Attelage tiré par quatre chevaux.
2→ Montagne de Grèce où étaient censés résider les dieux.

en défilant sur un char tiré par des animaux blancs[1] ! Ainsi, Jupiter, de toute sa gloire, rayonnait sur la cité et protégeait les Romains.

Mars

Mars, qui ressemblait fort à son homologue grec Arès, avait cependant une véritable histoire romaine. Les Romains racontaient qu'il était le fils de Junon, l'épouse de Jupiter, mais pas de Jupiter lui-même car Junon l'aurait conçu d'une fleur merveilleuse, en se passant des services de son époux. En effet, ce jour-là, elle était très jalouse d'une nouvelle conquête de son mari volage qui collectionnait les belles ! Junon déclara qu'elle pouvait très bien concevoir elle-même un enfant grâce à son seul pouvoir divin, et surtout sans l'intervention de ce coureur de jupons, de tuniques et autres *stola*[2] ! C'est pourquoi elle ne reçut l'aide que d'une fleur magique. Même avec ce mode de procréation assistée, et même né d'une fleur, Mars reçut cependant toutes les qualités viriles nécessaires à un bon guerrier ; il devint le dieu de la guerre, casqué et portant belle armure. Rome a dû faire tant de guerres au cours de son histoire qu'il lui fallait à ses côtés un dieu spécial pour la protéger. D'ailleurs, les Romains descendaient de Mars lui-même puisqu'il fut l'époux de Rhea Silvia, mère de Romulus. Cette vestale avait su plaire au terrible dieu guerrier qui savait aussi bien que son père se faufiler dans les chambres des

1→ Voir le chapitre « Camille », p. 108.
2→ Robe des femmes romaines.

femmes, toutes vestales qu'elles fussent ! Mais elle en fut bien punie par Numitor[1].

Comme tout vrai Romain, Mars était soldat mais aussi agriculteur. Mars protégeait les champs et les cultures et a donné son nom au mois du printemps. Le mois de mars est le mois où la végétation renaît, et c'était aussi le mois où l'on reprenait les combats après la trêve forcée de l'hiver. D'ailleurs, dans le premier calendrier, avant que César ne fasse commencer l'année par janvier, ce mois de mars était le premier de l'année. Les animaux préférés du dieu étaient le loup et le pic-vert. Ce sont les animaux qui ont accompagné la naissance de Romulus. Les prêtres de Mars étaient les *saliens*, ils sautaient, ou dansaient, ou s'exerçaient, en armes, dans un espace large et plat que l'on a appelé le *champ de Mars* et qui était situé au nord du forum[2]. La compagne de Mars était Bellone : était-elle sa sœur ? sa fille ? son épouse ? Nul ne sait, car chez les dieux les liens de la famille sont très particuliers. Bellone traversait les champs de bataille debout sur son char, une torche en flammes à la main. Ses traits étaient déformés de rage, et elle hurlait. Seuls ses prêtres savaient la calmer, c'étaient d'anciens gladiateurs sans crainte et terribles à voir. On célébrait aussi en l'honneur du dieu Mars une fête particulière au mois d'octobre : la fête du *Cheval d'octobre*. Elle consistait d'abord en une course de chars. L'attelage vainqueur obtenait pour l'aurige[3] une couronne de laurier, et, pour le cheval de

1→ Voir le chapitre « Romulus : la naissance », p. 53.
2→ Voir la carte « Les monuments du Forum », p. 120.
3→ Conducteur de char.

droite (il y avait au minimum deux chevaux par attelage), un diadème fait de petits pains. Ce malheureux cheval était ensuite mis à mort par un coup de javelot, puis décapité. Sa tête devenait l'enjeu d'une violente dispute entre gens de la ville. Sans le dieu Mars, sans sa protection, les Romains auraient-ils été ces terribles guerriers, ces conquérants à la réputation millénaire?

Quirinus

Quirinus, qui fait partie de cette première triade, était un dieu très ancien, sans doute emprunté par les Romains aux peuples voisins. Peut-être était-il d'origine sabine[1]: son nom correspondrait au nom de la ville de Cures, ainsi qu'au mont Quirinal où s'étaient installés les premiers Sabins. Peut-être était-il d'origine étrusque, où le mot *quirites* désignait les citoyens. Peut-être était-il simplement le double du dieu Mars, un Mars tranquille, le Mars de la paix? Dans ce cas, ce dieu était bien celui qui protégeait les agriculteurs. Mais quelle insulte pour les soldats par exemple d'être appelés *quirites*, c'est-à-dire « simples citoyens » ! « civils » ! car les vieilles valeurs guerrières étaient prédominantes chez les Romains. Qu'importe, il fallait vivre, il fallait se nourrir, il fallait protéger les récoltes, il fallait Quirinus ! Le flamine de Quirinus était chargé de régler les cérémonies de son culte où des offrandes de produits de la terre étaient nécessaires. Et on allait lui associer d'autres divinités

1→ Voir la carte des provinces, p. 35.

agraires comme Consus par exemple dont les jeux étaient somptueux et signes de concorde entre les peuples : il faut se souvenir de l'enlèvement des Sabines[1] qui eut lieu lors de la première fête des *Consualia*, bel exemple de paix ! Les Romains ne savaient pas grand-chose d'autre sur Quirinus car, très vite, on l'a assimilé à Romulus après la disparition de ce dernier. Le temple que l'on dressa alors fut à la fois celui de Romulus et de Quirinus, de même qu'Hersilia, épouse de Romulus, fut nommée *Hora Quirina*, nom également associé à Quirinus.

La deuxième triade capitoline

Lorsque les événements historiques, l'agrandissement de la ville et la mainmise sur les colonies grecques entraînèrent l'assimilation des dieux grecs, ce fut une deuxième triade capitoline qui devint la référence de la cité romaine. Elle était composée de Jupiter, Junon et Minerve.

Junon

Junon siégeait à côté du grand dieu Jupiter, car elle était son épouse en titre. Elle était fière : « Je suis honorée à Rome mais aussi chez les peuples du voisinage. » (Ovide, *Fastes*). Sur le Capitole, au nord-est, lieu appelé l'*arx*, c'est-à-dire la « citadelle », se trouvait son temple. Junon était toujours très occupée, car ses fonctions étaient multiples et innombrables. C'était elle qui protégeait les femmes, toutes les femmes, de leur

1→ Voir le chapitre « Des femmes pour Rome », p 60.

naissance à leur mort. Le jour de leur anniversaire, les femmes allaient offrir à Junon, appelée dans ce cas *Natalis*, des sacrifices pour obtenir ses bienfaits. Le meilleur mois pour se marier était le mois de juin qui était le mois de *Junon Pronuba*, protectrice des mariages. Quant à *Junon Matrona*, elle s'occupait des mères, *Junon Opigena* aidait les femmes à accoucher, *Junon Lucina* apportait la lumière aux nouveau-nés[1]. *Junon Moneta* donnait des avertissements.

Y avait-il ainsi de multiples Junon ? Non, bien sûr, il s'agissait toujours de la même, mais, comme Jupiter, ses nombreuses fonctions lui valaient des surnoms différents, ce qui était tout de même bien plus pratique pour l'invoquer avec précision quand c'était nécessaire. Un jour, sous la République, les Gaulois, fermement décidés à envahir la capitale même si en route ils s'étaient laissé arrêter dans les délicieux vignobles du nord du Latium, s'étaient approchés de Rome, puis avaient tenté d'escalader le Capitole. On se souvient que ce fut *Junon Moneta* qui sauva la ville grâce à ses volatiles sacrés, les fameuses oies. Au mois de mars, on fêtait les *Matronalia*, fêtes de Junon. Pourquoi à cette date ? Peut-être pour rappeler que ce fut en mars que les Romains enlevèrent les Sabines, mais que ce furent les femmes qui mirent fin aux guerres entre Romains et Sabins en faisant valoir leur rôle important par la voix d'Hersilia, épouse de Romulus.

1→ Voir Ovide, *Les Métamorphoses*, « La Naissance d'Adonis ».

Minerve

Sur le Capitole, on voyait un troisième temple dédié à la troisième grande déesse romaine: Minerve. Comme sa correspondante grecque Athéna, Minerve était la déesse de la sagesse et des arts. Son nom latin était formé sur la racine *mens*, qui signifie « esprit ». Elle avait beaucoup d'adresse et de savoir-faire, en cela elle était assez différente de son homologue grecque Athéna. À Rome, elle protégeait les artisans car elle aimait les travaux de couture, tricot et repassage. C'est elle qui enseignait « l'art d'amollir la laine, de garnir les quenouilles et de les filer, de faire courir la navette au travers des fils tendus sur le métier », raconte Ovide dans les *Fastes*. Pour les artisans, Minerve était précieuse car elle savait les aider dans la pratique de leur métier. Pour les guerriers, Minerve était une référence, car elle inspirait courage, prudence, persévérance, à la différence de Mars qui, lui, inspirait force et ardeur guerrière. Elle est souvent représentée avec son casque et son bouclier, l'équipement du soldat, et est accompagnée de la chouette, l'animal qui symbolise la sagesse car la chouette sait tout distinguer dans les ténèbres. Les soldats romains de retour de bataille allaient toujours lui offrir une partie du butin pris à l'adversaire. On déposait dans son temple des armes, des métaux, des boucliers et autres objets saisis chez les ennemis. Minerve, comme Jupiter et Junon, avait plusieurs temples dans Rome et pas seulement sur le Capitole.

Le culte de ces grands dieux correspondait à un calendrier précis, déterminé par le prêtre appelé *grand pontife*, qui rythmait de façon rigoureuse la vie des Romains et leur offrait un très grand nombre de jours fériés et de fêtes. Ainsi, tous pouvaient honorer les dieux sans manquer à leurs devoirs de citoyens.

Les autres dieux de la cité

Beaucoup d'autres grands dieux étaient encore présents dans la vie des Romains, changeant et évoluant au fil des années et de l'expansion de la ville et de l'Empire.

Vesta

Vesta était typiquement romaine et tout à fait fondamentale dans la vie à Rome.

Cette déesse était la personnification féminine du feu et, par conséquent, elle résidait dans chaque maison (ou chaque tente en temps de guerre). La maison devenait un minitemple de Vesta. Rome avait placé Vesta parmi les douze dieux de l'Olympe, comme son homologue grecque Hestia, étant donné son importance toute particulière dans la vie de la cité et des foyers romains. Son temple sur le forum était rond. C'était Numa Pompilius le Pieux qui en avait dessiné la forme et qui avait réglementé son culte. À la maison, trois fois par mois, le père de famille apportait une guirlande de fleurs à Vesta. Dans la cité, Vesta était honorée par des prêtresses : les vestales, qui furent les prêtresses les plus observées, les plus respectées, les plus enviées à Rome, et toujours célèbres dans la postérité tant elles étaient prestigieuses et étonnantes. Ces prêtresses étaient au nombre de douze. Six novices d'abord, des apprenties vestales, âgées de six à seize ans. À partir de seize ans, elles pouvaient devenir grandes vestales (jusqu'à vingt-six ans). Celles-ci devaient toujours rester vierges. Elles étaient au nombre de six. Passé l'âge de vingt-six ans, les anciennes vestales étaient libérées de leurs vœux, et pouvaient ainsi se marier.

Les vestales étaient généralement vêtues de longues tuniques blanches, leur tête était voilée. Pourquoi cette obligation de chasteté ? C'est une légende qui permet de répondre à cette question. On raconte que le dieu Saturne eut trois enfants : Junon, Cérès, et la petite Vesta. Or, alors que les aînées menaient leur vie de femmes, la cadette refusa à tout jamais le contact d'un homme : elle ne se marierait pas et ne mettrait au monde aucun enfant. Vesta était donc comparée à une flamme ardente, car la flamme n'a jamais rien engendré : le feu brûle mais ne produit rien. Elle devint la déesse du feu et fut honorée parmi les premières déesses, car le feu est l'élément premier, et la pureté originelle. Les rites destinés à honorer Vesta étaient les suivants : le 1er mars de chaque année, le feu sacré et le laurier sacré qui ombrageait le temple rond devaient être renouvelés. À la mi-juin, on nettoyait ce temple. Ce jour-là, au petit matin, les ordures qui jonchaient le sol du temple et de ses alentours étaient ramassées puis déposées dans une sorte de cellier où personne ne devait pénétrer. La première moitié de cette journée était considérée comme néfaste[1]. Nulle femme n'avait le droit de se peigner la chevelure ou de se couper les ongles, pas même la prêtresse de Junon pourtant également protectrice du foyer. Une fois les ordures brûlées, la deuxième moitié de la journée devenait

1. Était néfaste le moment où la religion interdisait de vaquer à ses occupations.

au contraire faste, et il était bon alors de se marier ou de contracter des affaires importantes. Les *Vestalia*, fêtes en l'honneur de Vesta, étaient célébrées le 9 juin : ce jour-là, exceptionnellement, les femmes, seules et pieds nus, pouvaient entrer dans le temple. S'ensuivait la cérémonie des mannequins d'osier qui marquait le passage d'un état de vestale à un autre, de novice à grande vestale, de grande vestale à ancienne vestale. La foule se massait sur les rives du Tibre pour voir douze figures réalisées en osier jetées solennellement dans le fleuve depuis le pont Sublicius. Ce geste sacré était suivi de grandes festivités qui, sans doute, au dire de certains, dégénérèrent souvent en danses folles et en véritables beuveries.

Cependant, les histoires de vestales que l'on conserva en mémoire sont toujours soit tragiques soit très édifiantes. Car une vestale qui ne conservait pas sa pureté et manquait au devoir de chasteté devait mourir de façon horrible : elle était enterrée vivante dans un caveau. Rhéa Sylvia, une des premières vestales, fut emprisonnée quand son oncle découvrit qu'elle était enceinte de Romulus. En 420 avant Jésus-Christ, la vestale Postumia fut accusée d'immoralité sexuelle. Elle était pourtant innocente. Mais elle était toujours si bien vêtue, si coquette et par ailleurs si libre d'esprit que cela parut suspect. De la suspicion au soupçon, du soupçon à l'accusation, il n'y avait que quelques pas que l'on franchit facilement. On la crut donc coupable de s'intéresser aux hommes. Ce soupçon suffit : on la condamna. Elle mourut enterrée vivante. Un autre jour, Aemilia, grande vestale, confia à une novice la garde du feu sacré dont elle était responsable pour s'éloigner un instant. En aucun cas cette flamme sacrée ne devait s'éteindre. Or, du fait de sa maladresse ou de son inattention, la jeune novice laissa le feu s'étouffer. Les prêtres soupçonnèrent Aemilia d'avoir abandonné son poste et la garde du foyer pour aller se dévergonder ; elle aurait ainsi manqué à son vœu de chasteté. L'accusation fut vite portée dans cette affaire également. Devant ses accusateurs publics, Aemilia fit une prière solennelle à Vesta et lui demanda de prouver qu'elle n'avait pas commis d'acte impie. Elle déchira un pan de sa robe et le jeta dans les cendres du feu éteint. Et, miracle, des cendres froides jaillit une grande flamme. Par ce prodige, preuve était faite de son innocence. La vestale Tuccia fut accusée du même crime. Elle prouva son innocence en se rendant au Tibre. Elle adressa publiquement des implorations à la déesse Vesta, elle remplit une passoire d'eau qu'elle rapporta, entièrement pleine, aux pieds des prêtres devant le sanctuaire de la déesse. Nouveau prodige, nouvelle preuve d'innocence.

Tous ces nombreux dieux, d'origines diverses, italique, étrusque, grecque, étaient nécessaires au bon fonctionnement de la vie quotidienne. Même s'ils étaient d'origine étrangère, ils étaient bien assimilés. Et tous avaient leur utilité. À côté des grandes divinités, on trouvait des dieux plus ou moins célèbres, plus ou moins obscurs.

Mercure par exemple, qui correspond au dieu grec Hermès.

Mercure

Mercure était fils de Jupiter en personne et d'une certaine Maia. Il était très beau, d'autant qu'il portait un casque étincelant qui lui seyait à ravir, et que ses pieds étaient ornés de petites ailes. Celles-ci lui permettaient de se déplacer à très grande vitesse, si grande qu'il pouvait même accomplir plusieurs actions en même temps. Il était le dieu protecteur des commerçants. Le commerce, ou *negotium*, était un élément fondamental de la vie des Romains ; aussi Mercure était-il très souvent vénéré. Mercure lui-même se chargeait des négociations entre les dieux et les hommes. (Ainsi le vit-on transmettre en rêve à Énée le message de Jupiter lui demandant de quitter Carthage.) Il portait également une houlette de berger, ce qui lui permettait de conduire les troupeaux en compagnie des bergers qu'il protégeait, et aussi de conduire les âmes des morts dans l'au-delà. On l'appelait, dans ce cas, *Mercure psychopompe*. On trouvait un peu partout de petits temples où les uns ou les autres, au fil de leurs affaires, allaient offrir des sacrifices. L'abondance de ces sanctuaires et des offrandes qu'on y déposait était une aubaine pour les mendiants car il y avait toujours quelques restes de nourriture dont ils pouvaient vivement s'emparer.

Vulcain

Vulcain n'est pas tout à fait identique à Héphaïstos. En effet, les Romains en avaient fait un dieu typiquement latin car ils attribuaient son culte à l'un de leurs premiers rois, Tatius, et avaient constaté que Romulus fit lui-même construire un temple à

Vulcain après la victoire de Fidènes sur les Sabins. Vulcain communiquait avec les feux du centre de la terre et s'exprimait parfois violemment à travers certains sommets de montagnes. Ainsi les habitants de Pompéi étaient-ils terrorisés par les grondements menaçants du Vésuve et redoutaient-ils la colère du dieu du feu. Cependant, celui-ci était aussi capable de protéger les hommes. Comme pour tous les dieux, ses pouvoirs étaient ambivalents : capable du bon comme du mauvais. Vulcain portait une enclume et un marteau et pouvait protéger particulièrement les forgerons. À la fin du mois d'août, après les grandes chaleurs de l'été, on l'honorait lors de jours de fête que l'on appelait soit les *Vulcanalia*, mot formé sur le nom de Vulcain, soit les *Furnalia* ou *Fornacalia*, mot qui renvoie au mot « four » ou « fourneau ». On allumait un grand brasier où l'on jetait des poissons, qui étaient les seules créatures susceptibles de ne pas redouter le dieu du feu, car seule l'eau peut venir à bout du feu.

Vénus

Si Vénus, tout comme Aphrodite la Grecque, s'occupait d'amour, les Romains, eux, ne s'occupaient guère d'elle ! Qu'importait l'amour aux yeux des pragmatiques Romains ! Tout au plus représentèrent-ils parfois Vénus, sous forme de statues, simples images de la beauté, ou dans les fresques de certaines villas, déesse entourée généralement de colombes. Peu d'histoires au sujet de Vénus qui envoyait plutôt son fils Cupidon faire ses courses chez les mortels et décocher de temps en temps quelques flèches efficaces pour déclencher les passions amoureuses : que l'on se souvienne ainsi d'Énée tombant amoureux de Didon[1] !

Bacchus

Pour se libérer des soucis, le meilleur moyen était de s'adresser à Bacchus. Bien sûr, celui-ci ressemblait beaucoup à Dionysos, le dieu grec né deux fois : une première fois de la princesse thébaine Sémélé, que Zeus avait aimée, et une deuxième fois de la cuisse même de Jupiter qui l'y avait caché pour qu'il échappe aux fureurs de sa jalouse épouse Junon[2]. Bacchus était le dieu du vin et le dieu de la fête. Muni de son thyrse, ce bâton surmonté d'une pomme de pin et orné de lierre et de feuilles de vigne, Bacchus menait des danses déchaînées accompagné de tout un cortège de femmes et d'êtres échevelés, prêts à toutes les sottises et extravagances. Ces femmes étaient les bacchantes ; elles pouvaient devenir redoutables en cas de colère. C'est ainsi qu'elles mirent littéralement en pièces le malheureux Orphée qui, tout à sa douleur d'avoir perdu son épouse, refusait leurs avances. Leur déchaînement contre le poète fut terrible : elles déchirèrent ses membres et les jetèrent dans la nature. Quant à sa tête, elle navigua sur un fleuve jusqu'à la mer tandis que chantaient les roseaux des rivages pour lui rendre hommage. Les satyres qui entouraient Bacchus étaient beaucoup moins redoutables mais prêts néanmoins à toutes les fantaisies. Tous ces éléments firent que

1→ Voir le chapitre « Énée : voyages et escales », p. 39.
2→ D'où l'expression : *né de la cuisse de Jupiter*, c'est-à-dire d'importance !

les Romains appelèrent Bacchus *Liber Pater*, plutôt que Bacchus, car c'est cette fonction libératrice des forces et des instincts qui paraissait digne d'être honorée. D'ailleurs, le culte de Liber, qui donnait lieu à des cortèges joyeux et désordonnés, tourna vite à l'excès. Les mystères[1] de Bacchus devinrent de type orgiastique. Débauche, beuveries et autres scandales firent qu'en 186 avant Jésus-Christ le sénat romain interdit que l'on célèbre ce que l'on appelait les mystères de Bacchus. Ce fut César qui autorisa à nouveau le culte bachique dans les années 50 avant Jésus-Christ.

Dieux utiles mais sans histoire

Certains dieux dont les Grecs avaient joliment raconté les histoires ne furent honorés par les Romains que dans un but purement utilitaire sans que l'on ait besoin de fabriquer des récits ou des aventures à leur sujet. Le vieux fonds des légendes grecques suffisait comme base confuse et l'on se contentait de leur rendre les honneurs nécessaires.

Ainsi, Cérès veillait-elle aux moissons (d'où le nom « céréales »), tandis que Neptune (Poséidon), encore moins important, protégeait les rares marins. Car les Romains n'étaient pas des spécialistes de la mer ! La *Bona Dea* était également quotidiennement honorée, car elle était protec-

1→ Les mystères étaient des cérémonies réservées à des initiés, c'est-à-dire un petit groupe de célébrants choisis selon des critères spécifiques, et totalement inconnus à toute autre personne.

trice de la chasteté comme de la fécondité. Son animal favori était le serpent, c'est pourquoi, dans son temple situé sur le mont Aventin, on élevait une multitude de serpents sacrés.

Les Dioscures

Les Dioscures étaient des frères jumeaux, déjà célèbres chez les Grecs. Ils s'appelaient Polydeukès et Castor. Ils étaient les fils d'une certaine Léda. Mais Polydeukès avait été engendré par Jupiter lui-même tandis que Castor était fils de Tyndare, époux mortel et officiel de Léda. Polydeukès aurait donc pu prendre place parmi les immortels puisqu'il était fils de Jupiter. Mais il refusa cette immortalité si celle-ci n'était pas également accordée à son frère. Il fit cette réclamation à Jupiter qui demanda à réfléchir car il n'était pas courant d'accorder l'immortalité sur simple demande. Le père des dieux hésita beaucoup et trouva un compromis : il donna aux deux frères une vie en alternance : un jour de vie sur terre et un jour de vie parmi les dieux. Ainsi ces jeunes gens étaient-ils inséparables dans l'immortalité comme dans la vie des hommes. Ils étaient toujours jeunes et surtout ardents au combat. C'est pourquoi les Romains aimaient à se raconter à leur sujet quelques légendes. En 496 avant Jésus-Christ, disait-on, lors de la bataille du lac de Régille, on vit deux jeunes gens participer au combat sur des chevaux blancs, puis on les aperçut à la fontaine de la nymphe Juturne, en train d'abreuver leurs chevaux, où ils annoncèrent la victoire des Romains. Ils disparurent aussitôt mystérieusement. Nul doute ! Apparitions, disparitions simultanées : c'étaient des dieux ! Deux frères inséparables : c'étaient les Dioscures ! De la même façon, en 168 avant Jésus-Christ, ils apparurent à Publius Vatinius et lui annoncèrent que Paulus Aemilius avait remporté la victoire à Pydna. Vatinius se hâta de répandre la nouvelle mais personne à Rome ne voulait le croire. On pensait que Vatinius divaguait, alors on l'enferma. Mais quand on eut les véritables nouvelles, quand la victoire fut confirmée, on reconnut le rôle qu'avaient joué les Dioscures auprès de Vatinius. Les Romains invoquaient quotidiennement les Dioscures en jurant : « *Mecastor ! Edepol !* » (« Par Castor ! Par Pollux ! »)

Esculape

Esculape était le dieu de la médecine[1], dieu que les Romains s'étaient approprié et dont ils racontaient une légende toute romaine.

Jadis, la peste se déchaîna dans tout le Latium et gagna la ville de Rome elle-même. Les Romains dépêchèrent des ambassadeurs à Delphes pour consulter le grand dieu Apollon. Celui-ci conseilla aux Romains de faire venir Esculape à Rome. Drôle de conseil ! Comment procéder pour faire venir un dieu à Rome ? Des envoyés romains se rendirent à Épidaure, en Grèce, là où se trouvait le sanctuaire si célèbre du grand dieu de la médecine. Celui-ci apparut en songe aux Romains selon l'habitude des dieux qui se manifestaient ainsi aux hommes et leur indiquaient

1→ Esculape correspond à Asclépios, dieu grec.

les voies à suivre, tandis que les interprètes, au petit matin, confirmaient et formulaient ce que peut-être les hommes eux-mêmes n'avaient su comprendre clairement. Ainsi de tout temps a-t-on eu besoin d'interpréter les rêves ! À Épidaure, dans ce rêve, Esculape lui-même, bien reconnaissable avec son caducée (bâton où s'enroulent deux serpents), indiqua qu'il allait accompagner les Romains dans leur ville sous une forme qui lui était chère. L'expression était bien mystérieuse mais les Romains, confiants, embarquèrent pour leur pays. Ils découvrirent rapidement qu'à bord de leur bateau se trouvait un énorme serpent. On prit toutes les précautions pour honorer comme il fallait cette forme vite identifiée comme la forme vivante du dieu, et l'on arriva au port d'Ostie, port de Rome à l'embouchure du Tibre. Le bateau remonta le fleuve. Tout au long de ce voyage, on vit sur les rives la population faire des sacrifices, brûler des parfums, prononcer des prières au dieu-serpent afin d'être libérée de la terrible maladie. Lorsque le bateau arriva à Rome, le serpent s'était enroulé autour du mât. Sa tête s'agita comme pour chercher un endroit à sa convenance, et finalement s'arrêta : à l'endroit qu'elle indiquait, le fleuve se partagea soudain en deux courants et au milieu surgit une île. Le serpent s'installa sur cette île et sauva la ville du fléau. Depuis, sur cette île on honora le dieu Esculape.

Consus et Terminus

Les divinités préférées des Romains étaient les divinités agricoles. On connaît déjà Consus, dont l'autel était recouvert de terre en hiver, puis dégagé au moment de la germination au printemps, lors de la fête des *Consualia*. Ce fut lors de la première fête des *Consualia* instituée par Romulus que les Romains enlevèrent les Sabines.

Terminus est lui aussi un dieu agricole. Il marque les bornes et les limites des champs. Sa caractéristique est donc d'être immuable. Lors de la construction du temple de Jupiter *Optimus Maximus* sur le Capitole, toutes sortes de divinités résidaient déjà sur le mont. Elles acceptèrent presque toutes de se retirer pour laisser la place au grand dieu. En effet, un dieu refusa : c'était Terminus. Impossible, il ne pouvait bouger, il était immuable ! Il était une borne ! Une pierre immobile à jamais. Alors on lui laissa sa chapelle à l'intérieur du temple de Jupiter et l'on construisit le bâtiment tout autour. Terminus avait une autre caractéristique : sa statue ne pouvait se dresser que sous le ciel. C'est pourquoi on laissa une ouverture dans le toit du temple juste pour lui ! Le 23 février, on fêtait en son honneur les *Terminalia*.

Partout dans la nature, les Romains devinaient la présence de toutes sortes de divinités : des nymphes dans les bois et les sources, des déesses qu'ils appelaient *Flora*, spécialiste des fleurs, *Pomona*, spécialiste des fruits, *Juturna*, nymphe des eaux, *Vertumna*, déesse du printemps. On n'hésitait guère à ajouter à ce panthéon des abstractions déifiées, comme *Rumor* (la rumeur si importante en politique), *Concordia* (la concorde ou paix entre les peuples) ou bien sûr *Fortuna* (le sort ou le destin). Celles-ci étaient représentées par des statues auxquelles les citoyens adressaient des offrandes. Ainsi connaît-on bien Fortuna, avec sa corne d'abondance à la main, une roue à ses côtés, et les yeux bandés, car nul ne sait où le sort peut entraîner les hommes. Le destin est aveugle.

Les dieux individuels

La cité tout entière honorait ses dieux d'une façon très assidue, faisant reposer sa pratique sur les sacrifices et sur la divination, et organisant la vie autour de grandes fêtes instituées en l'honneur des dieux[1].

Mais, dans la vie quotidienne, au cœur des foyers romains, la piété était également très fervente, du moins les rituels y étaient-ils scrupuleusement observés. En effet, chez chaque citoyen, dans chaque foyer, il y avait des divinités domestiques de première importance. C'était une question de sécurité, et la sécurité, il fallait y penser tous les jours ! Pour cela, il y avait des spécialistes : des divinités typiquement latines !

Les dieux lares

Les lares étaient chargés de la sécurité des maisons et des toits.

Leur spécialité ? Protéger les maisons individuelles autant que le territoire. Qui étaient-ils ? Ils représentaient les âmes des anciens et habitaient partout dans les bois et les campagnes. On trouvait toutes sortes de petits autels ornés de guirlandes ou d'offrandes sous forme de nourriture, car ces âmes étaient encore assez voraces. Ces petits autels étaient appelés *lararia*. Les laraires individuels se trouvaient au rez-de-chaussée ou

1→ Voir le calendrier des fêtes à Rome, p. 171.

dans la cour intérieure des villas. Ce pouvait être un petit autel surmonté d'un édicule où étaient posées trois statues. Chez certains citoyens riches, ces autels étaient de véritables mini-temples, avec une colonnade, un grand nombre de statues de un mètre de haut parfois, des tissus précieux, des guirlandes. Ce luxe était caractéristique de l'enrichissement de certaines familles, surtout sous l'Empire. Tous les lares étaient gouvernés par le lare familial. Celui-ci était inséparable de la famille et même de la maison. Un sans-abri était donc sans lare. Quelle horreur ! C'était un sort épouvantable ! Le « sans-domicile » romain avait une honte supplémentaire à porter. Pas de lare, c'était la pire chose qui puisse arriver !

On imaginait le lare sous les traits d'un jeune garçon aux cheveux bouclés ; il dansait et versait le vin d'une corne d'abondance. « Je suis le lare de la maison, depuis bien des années j'en suis le gardien et je veille sur elle ! » disait ce personnage de Plaute dans *L'Aulularia*, *La Comédie de la marmite*. Quand la jeune mariée franchissait le seuil de sa nouvelle maison, elle offrait au dieu lare un sacrifice et une pièce de monnaie. Après un décès, il fallait purifier la maison en lui offrant deux béliers. La ville de Rome avait aussi ses dieux lares. Ils se plaçaient à leurs endroits préférés : les carrefours. C'étaient les *lares compitales*, de *compita*, qui signifiait « les carrefours », avec un chien à leurs pieds car de tout temps le chien fut le gardien de la maison. La fête des *Compitalia*, qui se déroulait début janvier, était une sorte de fête des quartiers, où des amusements de rue réjouissaient le peuple tout entier. Comment craindre quoi que ce soit avec des protecteurs aussi sympathiques ? Si toutes les offrandes leur étaient données, la maisonnée était entre de bonnes mains.

Les pénates Autre souci de la vie quotidienne et autre besoin de sécurité : avoir à manger.

Ce sont les pénates qui avaient la spécialité de protéger les garde-manger. Les pénates étaient deux dieux domestiques indispensables. Sur leur autel, on entretenait un feu perpétuel et le père de famille leur donnait un peu de chaque mets avant que la famille ne commence à manger. Rome avait aussi ses pénates publics. Énée avait apporté les siens dans sa fuite de Troie en flammes en même temps que les lares de sa famille.

Les mânes Les mânes étaient chargés du maintien de la vie. Leur spécialité était de rappeler le souvenir des morts.

Les mânes représentaient les âmes des morts. Quand quelqu'un mourait, on déposait très vite sur sa tombe des fleurs : des anémones, des roses, des myrtes, des violettes, des lys, selon la saison, afin que l'âme du mort puisse s'exhaler par le parfum de ces fleurs. Puis il fallait nourrir les mânes de mets spéciaux, cérémonie que l'on effectuait le neuvième jour des funérailles. Les mânes étaient friands de miel, de vin, d'œufs, de lentilles et de fèves. Si l'on interrompait le culte des mânes, ils sortaient des Enfers, par les tombes, les grottes, les cavernes, et hurlaient horriblement dans le silence des nuits. On accomplissait alors scrupuleusement les rites funéraires, toujours après le coucher du soleil. Le cortège de deuil se déployait avec accompagnement de flûtes et de gémissements des pleureuses. Un droit d'images était accordé aux familles patriciennes: elles pouvaient faire représenter leurs ancêtres sous des masques de cire. Ceux-ci restaient généralement accrochés au mur, mais au moment des funérailles on les promenait sur des lits en cortège, devant la famille tout de noir vêtue. Le nombre d'images ainsi transportées révélait la puissance d'une famille et l'on a vu ainsi certaines familles, comme celle de Sylla par exemple, exhiber quelque six mille images! Les villes consacraient en février les *Parentalia* et les *Feralia* au culte public des défunts.

Les lémures

Si les Romains vénéraient ainsi leurs ancêtres, c'est que la peur superstitieuse de la mort était très forte. Au point que l'on redoutait particulièrement les lémures. C'étaient les fantômes des morts qui n'avaient pas été vengés ni correctement ensevelis. Ils étaient toujours de mauvaise humeur, malfaisants. Pour les conjurer, durant les fêtes des *Lemuria*, les 9, 11 et 13 mai, le père de famille devait agir ainsi: il prenait neuf fèves dans sa main droite, il les jetait derrière son épaule gauche en criant: « Mânes, sortez! » Il devait répéter neuf fois le même geste, neuf fois la même phrase. Ainsi pouvait-on se croire à l'abri des mauvais sorts que pourraient jeter ces terribles lémures.

Les striges étaient aussi très malfaisantes. C'étaient des démons féminins ailés, qui avaient des serres comme des rapaces. Ils se repaissaient du sang et des entrailles des nouveau-nés. Pour les écarter des bébés que leur nourrice aurait laissés seuls, par mégarde ou inattention, on appelait vite la nymphe Crana[1]. Elle savait conjurer les dangers et prononcer les justes incantations pour laisser les petits enfants dormir tranquillement sans que les horribles striges ne surgissent pour les tuer.

Le génie

Enfin, chaque individu avait toujours avec lui celui que l'on appellera plus tard l'ange gardien. Il s'agit du génie. Il assurait la sécurité de l'individu et exerçait ainsi une sorte de garde rapprochée. Tout le monde avait un génie pour l'assister depuis sa naissance. Il était nécessaire de lui donner chaque jour sa ration de vin, de fleurs, de gâteaux. Les génies étaient donc en nombre illimité, autant que d'êtres humains sur terre ! Pour un citoyen, le jour de son anniversaire était aussi la fête de son génie. La tradition était de se rendre au laraire, l'autel domestique, d'y soulever une à une chaque statue des ancêtres, de prononcer des formules rituelles. Puis on déposait les statues sur des brancards avec lesquels on faisait le tour de la maison en procession. Un banquet était ensuite le bienvenu, et durant ces festivités les statues étaient placées sur une estrade au fond du triclinium[2]. C'est de cette manière que l'on associait étroitement les divinités à la vie de tous les jours et à l'avancée en âge de chaque citoyen.

1→ Elle fut aimée de Janus.
2→ Salle à manger dans la villa romaine.

Superstitions, rites, prodiges

Tout était donc religieux, ou en tout cas objet de culte ou de pratique rituelle à l'époque romaine. La vie se déroulait en permanence sous le regard des divinités : celles-ci étaient absolument partout si bien qu'il ne fallait manquer aucun geste de piété, aucun signe pour se concilier les bonnes grâces des dieux. Les peurs et les superstitions étaient profondes. Ainsi, le Romain ou la Romaine qui se levaient de bon matin ne devaient absolument pas poser leur pied gauche le premier par terre : cela aurait été un très mauvais signe. De la gauche ne venaient que de funestes choses. Depuis cette époque le mot *sinister*, qui signifie « gauche » en latin, est devenu en français « sinistre » avec le sens que l'on sait. Et comme pour les Romains faire, c'est croire, il fallait montrer par des gestes que l'on honorait les dieux. Chaque mois, à la nouvelle lune, la femme de la campagne offrait de l'encens aux dieux de la demeure. Si l'on devait craindre des réactions mauvaises des dieux, pour une raison ou pour une autre, on se précipitait dehors, on allait donner des baisers du bout des doigts devant les temples, ou bien on s'y traînait à genoux, et même éventuellement on donnait quelques coups de tête contre les portes du temple pour signifier clairement et bruyamment au dieu que l'on faisait ce qu'il fallait. D'ailleurs, on multipliait les sacrifices : une brebis par-ci, une génisse par-là, et l'on recommençait jusqu'à ce que les présages soient les plus favorables possible. Car les présages, on les voyait dans les entrailles des bestiaux égorgés : des prêtres étaient chargés d'observer ces entrailles : on les appelait les haruspices. Il était important que les viscères des animaux soient placés de telle ou telle façon pour que l'on considérât le présage comme favorable. Tout Romain pouvait donc obtenir de précieux renseignements sur son avenir. Si l'on pouvait obtenir de surcroît l'avis des augures, rien ne manquait à une bonne vision de son futur immédiat. Car les augures étaient des prêtres chargés d'observer le vol des oiseaux. Trop à gauche : mauvais signe, bien à droite : bon signe. Ainsi, on le voit, les Romains consultaient déjà leur horoscope. On peut noter que quelques écrivains ne cachèrent pas leur mépris pour ces pratiques qu'ils considéraient comme celles d'illettrés.

Les prêtres

Le père de famille romain était donc le chef de la pratique religieuse dans son foyer. Les grands magistrats et dirigeants du pays, consuls, empereurs, furent aussi les chefs de la pratique religieuse dans la cité. Est-ce à dire qu'il n'y avait pas de prêtres attachés à des services religieux spécifiques ? Si. Certains prêtres remplissaient des tâches religieuses de façon exclusive. Comme les flamines, au nombre de quinze, dont chacun s'occupait d'une seule divinité. Le flamine dialis, attaché au service de Jupiter, avait des obligations importantes quand le roi, à l'époque royale, était absent de Rome : il ne devait rien faire et ne jamais quitter sa demeure. Le collège des pontifes surveillait l'ensemble des pratiques et notamment déterminait les jours fastes ou néfastes, organisait les grandes cérémonies. Le grand pontife surveillait les vestales. Les saliens étaient voués au culte de Mars et exécutaient la danse des sauts du bouclier. Les vingt féciaux étaient en fait des diplomates qui s'occupaient des traités et de la guerre. Mais c'étaient eux qui frappaient les victimes lors des sacrifices, avec un silex.

Particulièrement intéressants pour le peuple romain étaient les augures et les haruspices, car, en sachant lire l'avenir, ils semblaient détenir les secrets du monde.

Les augures consultaient les dieux à la demande des hommes. Pour ce faire, ils traçaient un périmètre, qui devenait ainsi sacré, et se plaçaient au centre, tournés vers l'est. De là ils pouvaient prendre les « auspices », c'est-à-dire observer le vol des oiseaux et en tirer des conclusions sur l'humeur des dieux. Ces prêtres étaient généralement bien considérés. Mais pour certains, notamment les haruspices, ces capacités étaient parfois mises en doute. Un dicton latin consistait à dire que deux haruspices ne pouvaient se croiser sans éclater de rire, tels les charlatans qui s'amusent entre eux de la crédulité des gens. Restent les interprètes des livres sibyllins. Ces livres avaient été achetés par le roi Tarquin à la sibylle de Cumes. Deux prêtres furent chargés de les conserver et de les lire, surtout en cas de problème pour Rome, afin de voir quelle solution s'y trouvait évoquée pour préserver la ville.

Pour adresser ce que l'on pouvait appeler des prières mais qui ressemblait surtout à des rites confus et souvent incompris des pratiquants eux-mêmes, pas besoin d'aller loin. Tout endroit pouvait s'orner d'une chapelle, d'un petit autel ; certains bois étaient déclarés sacrés, des sources et des fontaines également, en fonction des légendes et des histoires qui s'attachaient à ces lieux. Mais parfois il était totalement nécessaire de faire un sacrifice. Offrir un sacrifice digne de ce nom ne pouvait être accompli que par les citoyens riches. Les humbles se contentaient d'offrandes en nature le plus souvent.

Lors des sacrifices, le fidèle s'habillait de blanc pour la circonstance, après s'être baigné : la tête couverte d'un voile, il se tournait vers l'est et répétait les formules rituelles après le prêtre qui avait été convoqué pour exécuter le sacrifice. Il ne fallait surtout pas se tromper ni oublier un seul mot : c'est pourquoi le rôle du prêtre était une garantie de réussite. Lui connaissait les formules par cœur et ne pouvait se tromper. On se prosternait, on envoyait des baisers, puis des animaux sans tache arrivaient ornés de bandelettes autour de la tête et les cornes recouvertes de peinture dorée. Des serviteurs les emmenaient mais sans les tirer pour qu'ils donnent l'impression de se rendre sous le couteau du prêtre de leur plein gré. Avant de les sacrifier, on plaçait sur leur tête des galettes fabriquées par les vestales, on arrosait le tout d'un peu de vin. Puis le prêtre se dissimulait à moitié la tête avec sa toge. Et le coup fatal était porté. Ensuite accouraient les haruspices qui se penchaient sur les ventres ouverts et déclaraient si les présages étaient favorables ou non. Si les présages n'étaient pas bons, on recommençait, et ainsi de suite jusqu'au moment où tout semblait parfait. On brûlait alors les entrailles dont le fumet plaisait aux dieux, tandis que toute l'assistance se partageait la chair de l'animal.

Ce rituel était celui des grands jours. Plus ordinairement,

il était fréquent de faire quelque vœu, parfois simplement rédigé sur une tablette de cire, quelques dons, et des remerciements ne manqueraient pas d'être adressés par la suite sous forme d'offrande quelconque.

Restaient quelques sorcières

Car de tout temps à Rome on a vu pulluler des sorcières, des mages, des devins. Les sorcières surtout étaient redoutables car on leur attribuait des pouvoirs infinis : elles pouvaient prononcer des formules magiques qui attiraient le malheur sur la personne de leur choix, elles pouvaient commander au soleil et aux vents d'apparaître ou de disparaître, elles parvenaient même à faire sortir des Enfers les âmes des morts. Elles rôdaient surtout dans les cimetières, et leur apparence donnait le frisson aux plus courageux des soldats. Vêtues de noir, accompagnées d'animaux maléfiques comme les serpents, les crapauds, les corbeaux, elles allaient cueillir à la lune des herbes médicinales qu'elles faisaient cuire avec des ossements et des débris divers. Ces philtres magiques étaient remis à de braves mais désespérés Romains qui osaient s'aventurer dans les lieux obscurs pour soigner leurs maux d'amour, ou plus souvent encore pour jeter de mauvais sorts à leurs ennemis. Des peintures de villas romaines les évoquent en pleine action, et les archéologues ont retrouvé des tablettes couvertes d'imprécations ou percées de clous pour attirer le mal au moyen de ces talismans. Ainsi les pratiques superstitieuses de ces temps anciens étaient-elles les mêmes que toutes celles que l'on retrouve un peu partout sur la planète terrestre et à toute époque.

Voilà donc comment les Romains menaient leur vie religieuse, ponctuée de nombreuses fêtes, rythmée par les rites et les prières, appuyée sur de fortes superstitions, avec cette présence constante de dieux de toutes sortes, de toutes origines et de toutes fonctions.

Les dieux étrangers

D'autres dieux en provenance de l'étranger furent, au cours de l'histoire romaine, assimilés peu à peu aux dieux romains et furent honorés assidûment.

Cybèle

La déesse Cybèle est arrivée à Rome en 204 avant Jésus-Christ. Elle venait d'Orient, de Phrygie, non loin des rivages de la mer Méditerranée. On plaçait son culte sur le mont Ida, tout près de l'antique ville de Troie. Quand on introduisit son culte à Rome, on la célébrait sous le titre de mère des dieux, ou on la surnommait la Bérécynthienne[1], et ses représentations la montraient couronnée de tours, comme les villes fortifiées des temps anciens qui étaient entourées de remparts surmontés de tours[2]. Cybèle personnifiait la puissance de la végétation et son char était tiré par des lions, animaux sauvages orientaux qu'elle seule pouvait dompter. On lui construisit un sanctuaire sur le mont Palatin, où l'on plaça la « pierre noire » qui était son emblème et que l'on avait fait venir d'Asie Mineure. Son culte s'étendit peu à peu, et c'est surtout sous l'Empire, à partir des années 40 et de l'empereur Claude, que ce culte devint célèbre et prit des allures orgiastiques et excessives. Cela était sans doute dû aux légendes qui entouraient Cybèle où il était beaucoup question de jeunes gens et de la perte de leur virilité.

1→ Du nom du lieu la Bérécynthie.
2→ Voir Du Bellay, « Telle que dans son char la Bérécynthienne ».

On raconte en effet la terrible histoire d'Attis qui était le compagnon attitré de Cybèle. L'ancêtre d'Attis était Agdistis, lui-même né de la semence de Jupiter déposée sur un rocher. Il était hermaphrodite, mi-homme mi-femme. Mais les dieux, cruels, se moquaient de lui et de cette particularité sexuelle. Parmi eux plus particulièrement, Dionysos. Ils pourchassèrent ensemble Agditis et l'enivrèrent. Puis ils l'émasculèrent. De son membre viril tranché et jeté à terre naquit un arbre, un amandier. Une nymphe appelée Nana cueillit un jour une amande de cet arbre. Elle la déposa dans son sein, et de celle-ci naquit Attis. Le nouveau-né fut abandonné, recueilli par des passants et nourri de miel et de lait… de bouc! Attis, devenu grand, nourrissait un projet de mariage avec la fille d'un roi voisin. Mais sa beauté en avait fait un objet de désir pour toutes les femmes et surtout pour Agdistis qui était devenu femme! Agdistis tenta de séduire Attis, mais sans succès. De rage, elle lui infligea une crise de folie et lui fit commettre sur lui-même l'émasculation qu'elle avait subie. Attis mourut dans un bain de sang sous un pin, l'arbre consacré à Cybèle. La déesse, qui aimait aussi Attis, permit à son jeune aimé de ressusciter chaque année au printemps, sous la forme de violettes. Souvent aussi elle lui permit de l'accompagner sur son char. On comprend ainsi combien le culte de Cybèle fut associé à des rites sauvages, où le sang et le sexe tenaient une place importante. Folie, sexe, sauvagerie étaient les caractéristiques du culte de Cybèle et de ses prêtres appelés les *corybantes*: tous défilaient en cortège autour d'un pin arraché qui symbolisait le membre mutilé d'Attis. Et ces cortèges représentaient la sauvagerie que les Romains attribuaient souvent aux cultes venus d'Orient.

Isis

Dès le Ier siècle, une fois les Romains introduits en Égypte, le culte d'Isis, déesse égyptienne, traversa la mer et se répandit à Rome. Dans la mythologie égyptienne, Isis était la femme-sœur du dieu Osiris. Osiris fut cruellement tué puis dépecé par Seth, le dieu de l'ombre qui dispersa ses membres aux quatre coins de l'univers. Isis partit en quête de son époux, qu'elle ressuscita après avoir reconstitué ses membres. C'était là une victoire sur les forces de l'ombre. Avec son époux retrouvé, elle eut un fils : Horus, dieu-soleil. Cette déesse représenta pour les Anciens les forces de vie liées au principe féminin universel, forces victorieuses des puissances de la nuit. Son culte était un culte-mystère, réservé à quelques initiés. Les prêtres d'Isis étaient vêtus de lin blanc, avaient le crâne rasé et fêtaient l'eau sacrée. L'empereur Caligula vénérait particulièrement Isis, culte qui fut à son apogée dans les années 120 de notre ère, particulièrement aussi sous l'empereur Hadrien.

Mithra

De l'Orient également vint le dieu Mithra. Il était originaire de Perse. C'est pourquoi il était coiffé du bonnet phrygien, qui est devenu le symbole de la liberté. Ce furent peut-être des pirates, voyageurs de la mer Noire et de la mer Méditerranée qui ramenèrent le culte de ce dieu solaire. Mithra, dont l'emblème était le soleil, était chargé d'arbitrer les combats entre le bien et le mal[1]. Les Romains l'appelèrent *Deus Sol Invictus Mithra*, « dieu du soleil invincible ». Cette religion n'était pas une religion à mystères, réservée à des initiés. Au contraire, elle était pratiquée quotidiennement par des gens simples, des soldats, des petits fonctionnaires aux IIe et IIIe siècles. La religion était pratiquée autour de cellules, comme par quartiers ou d'autres structures sociales de base, et les pratiquants se réunissaient dans un lieu simple : une grotte le plus souvent[2]. Les prêtres étaient répartis de façon hiérarchisée, du plus important au moins important. De tels modes de fonctionnement présentent des similitudes avec le christianisme. D'ailleurs, ce culte de Mithra fut d'abord concomitant avec le christianisme, puis évincé par cette nouvelle religion.

Les cultes celtiques

À la même époque les Romains, qui s'étaient étendus au-delà de la Méditerranée, montaient aussi vers le nord et consolidèrent la conquête des Gaules. Là, ils rencontrèrent des hommes dont la religion ne comportait ni textes écrits, ni représentation. Rien de plus simple dans ce cas que d'assimiler purement et simplement les dieux que l'on voyait honorés par ces peuplades et de les imaginer comme des dieux connus des Romains. C'est pourquoi ces

1→ Le manichéisme, opposition simple entre le bien et le mal, vient du Moyen-Orient.

2→ Il y a ainsi une grotte temple de Mithra qui servit ensuite aux premiers chrétiens sous la basilique Saint-Clément à Rome.

quelques dieux que l'on disait avoir été des figures mi-humaines mi-animales (particulièrement des dieux aux pieds de cerf ou aux attributs de sanglier, animaux répandus dans la Gaule couverte de forêts) devenaient des dieux à comme Mercure, ou Mars, ou Apollon[1]. Les cultes indigènes furent donc vite annexés et l'on parla d'*Apollon Grannus*, le dieu des sources, guérisseur chez les Gaulois, ou de *Mars Caturix*, roi des combats. Les Romains ont alors observé de loin et avec circonspection les pratiques propres aux Gaulois comme des sacrifices d'animaux et même parfois des sacrifices humains, des réunions de druides, prêtres gaulois, dans les forêts, les liens de ces prêtres avec la justice ou l'astronomie. Mais ils ne saisissaient pas la spécificité de cette religion. Ils l'interprétaient à travers leurs références au panthéon romain. L'empereur Claude manifesta ensuite un vif intérêt pour le culte druidique, mais cet intérêt n'était pas à proprement parler religieux. Il s'inscrivait plutôt dans une forme de superstition, de croyance dans la lecture de signes que produirait la nature, ce qui devint une caractéristique de nombreux empereurs romains.

Le culte impérial

Parmi tous ces dieux venus de tous lieux, on vit dès le début de notre ère figurer l'empereur lui-même. Comment un homme, de chef de la nation qu'il était, a-t-il pu être ainsi placé parmi les divinités ? Le phénomène est

1 Voir César, *La Guerre des Gaules*, VI, 17.

rapide, et finalement peu étonnant si l'on songe que la République et son fonctionnement, régulé par un équilibre entre les forces de la nation, avaient bien disparu depuis César. Politiquement, l'empereur avait régulièrement et solidement accru son autorité : celle-ci était sans limites. En 30, le sénat nomma Octave *Augustus*, premier empereur de Rome, père de la patrie. Petit à petit, on le considéra comme l'égal des dieux et bien vite on l'appela le divin Auguste. On érigea des statues du dieu-empereur que l'on plaça à côté des grands dieux. Partout dans le monde romain, jusqu'aux confins de l'Orient, là où la puissance romaine s'était déjà étendue, on a retrouvé des statues d'Auguste le Divin. Parce que, racontait-on, le père adoptif d'Auguste déjà, Jules César, était lui-même devenu dieu. En effet, au moment de sa mort, alors que les conjurés menés par Brutus s'apprêtaient à lui porter le coup fatal en pleine curie[1], Vénus, mère d'Énée, protectrice du peuple romain, se désespérait de voir comment allait périr ce rejeton de sa race[2]. Inquiète, la déesse de la beauté s'en alla gémir auprès de Jupiter et déplorer le destin de sa famille. Celui-ci lui accorda de s'emparer de l'âme de César au moment de sa mort et de la placer au ciel parmi les astres, nouvelle comète dont la position privilégiée lui permettrait de regarder sans cesse le Capitole et le forum. L'âme prit son envol et laissa derrière elle une chevelure de feu. C'était le divin César. On rapporte qu'Octave, pas

1→ Lieu de réunion de l'assemblée du peuple et du sénat.
2→ La famille des « Iulius » descend d'Ascagne, fils d'Énée descendant de Vénus.

encore appelé Auguste, fit célébrer rapidement des jeux en l'honneur du divin Jules, et durant les sept jours des jeux, une comète illumina le ciel.

Octave fut donc appelé *Augustus*, ce qui signifie « vénérable, sacré », et qui correspond à la divinisation de l'empereur. Or, si dans un premier temps l'empereur était devenu dieu seulement après sa mort, par ce phénomène que l'on appelle l'apothéose[1], ensuite c'est bien de leur vivant que les autres empereurs ont été vénérés comme des dieux et que le culte impérial s'est développé, avec des prêtres et des cérémonies pour rappeler à tous leur grandeur. Cette solennisation se comprend dans la mesure où tout semblait religieux chez les Romains, donc, à plus forte raison, l'empereur qui était l'autorité suprême.

Le dieu chrétien

Les Romains furent toujours tolérants à l'égard des religions étrangères au point de les faire devenir leurs, dans la mesure bien sûr où elles ne nuisaient pas aux cultes publics et coexistaient avec eux sans difficulté. Ce comportement était celui des Romains à Rome mais aussi celui des provinces conquises et administrées par les Romains. Ce fait a été observé en Gaule. Ce fut la même chose en Judée, face à la religion juive. Celle-ci a toujours été tolérée et, s'il y eut un soulèvement sévèrement réprimé au point d'entraîner la démolition du temple de Jérusalem en 70,

1→ Ce mot signifie « le fait d'être placé au milieu des dieux ».

cela n'avait pas de raison religieuse à proprement parler mais plutôt des raisons économiques. En effet, les Romains, après la dispersion des émeutiers du temple et la destruction du bâtiment religieux, purent récupérer la taxe versée par les juifs au temple et la reverser au profit de Jupiter Capitolin. Lorsque, après la mort de Jésus, en 33, la nouvelle religion, le christianisme, se répandit lentement jusqu'à Rome, l'attitude des Romains fut toujours la même : tolérance et acceptation de la diversité des cultes. S'il y eut des persécutions contre les chrétiens, celles-ci ne furent ni permanentes ni générales. Les causes pouvaient être des accusations de trouble de l'ordre public, lorsque les chrétiens se réunissaient en trop grand nombre, ou de refus d'obéissance, lorsqu'ils n'acceptaient pas certaines célébrations païennes romaines, mais toujours ponctuelles et occasionnelles, jamais dictées par des raisons doctrinaires et par le refus de la religion en elle-même. Ces persécutions ne devinrent systématiques qu'assez tard, lorsque, au IIIe siècle, les empereurs virent leur pouvoir chanceler. Le christianisme s'implanta de façon généralisée au cours de cette période, alors que la vie intellectuelle chrétienne se développait. Des textes chrétiens étaient diffusés, les adeptes devenaient de plus en plus nombreux. Les Romains durent enfin convenir d'une incompatibilité entre le polythéisme[1] jusqu'alors officiel et une religion qui présentait un dieu unique. C'était une nouvelle

1- Religion qui repose sur la croyance en plusieurs dieux.

logique, celle d'une foi en des vérités révélées, d'une nouvelle relation au monde et aux choses de l'ordre non plus du pragmatisme mais d'une conception différente du monde et du divin. Car les chrétiens refusaient d'assister aux jeux du cirque, qui furent très souvent sanglants, et ne voulaient plus non plus sacrifier aux dieux romains puisque c'était en contradiction avec leur foi en un dieu unique. Surtout, ils ne participaient pas au culte de l'empereur, car vénérer un humain, un homme comme un autre, leur paraissait impossible.

La piété des Romains, fondée sur des gestes, des rituels, des pratiques intégrées à la vie de tous les jours et aux résultats que l'on en escomptait, ne put plus alors coïncider avec cette nouvelle religion dont le principe était la foi et non des croyances éparses et incertaines. Cependant, tous les lettrés romains qui avaient montré du scepticisme à l'égard des religions mystiques (les écrivains Pline, Tacite, Juvénal par exemple) n'auraient plus rien eu à dire à partir de 313, lorsque l'empereur Constantin reconnut le christianisme comme religion officielle et accepta son enseignement. L'édit de Milan, à cette date, avait promulgué que « chacun pouvait à sa manière adorer la divinité qui se trouvait dans le ciel ». C'était là donner la place aux religions monothéistes et, bien sûr, plus particulièrement au christianisme répandu très largement. Du fait que l'Église chrétienne s'organisait dans sa structure à la manière de l'organisation politique romaine, avec des « gouverneurs » de cités ou de provinces, appelés « évêques », avec des assemblées, appelées « conciles », avec des spécialistes pour la célébration du culte, nommés « prêtres » ou « diacres » selon leur rang, toutes les pratiques anciennes et païennes disparurent peu à peu, et même finirent par être interdites en 382.

À la mort de l'empereur Constantin, en 337, l'Empire romain fut définitivement partagé. L'empire d'Orient avait pour capitale Constantinople, et l'empire d'Occident avait pour capitale Rome devenue totalement chrétienne.

Le christianisme avait alors conquis un monde qui avait été jusque-là et pendant neuf siècles dominé par les Romains. C'était la fin d'une époque.

Les dieux romains et grecs

Dieux romains	Dieux grecs
Apollon	Apollon
Bacchus	Dionysos
Bona Dea	
Cérès	Déméter
Consus	
Diane	Artémis
Dioscures	Castor et Polydeukès
Esculape	Asclépios
Faunus	
Hercule	Héraclès
Junon	Héra
Jupiter	Zeus
Mars	Arès
Mercure	Hermès
Minerve	Athéna
Neptune	Poséidon
Quirinus	
Saturne	Cronos
Terminus	
Vénus	Aphrodite
Vesta	Hestia
Vulcain	Héphaïstos

Calendrier des fêtes à Rome

Janvier	*Carmentalia*	En l'honneur de la nymphe Carmenta
	Compitalia	Fêtes des dieux lares dans les quartiers
Février	*Lupercalia*	Fête de Faunus et de la fécondité
	Ferealia	Culte des morts
	Terminalia	Fête de Terminus
Mars	*Consualia*	Fête du dieu agricole Consus
	Matronalia	Fête de Junon et des mères
	Liberalia	Fête de Liber et du printemps
Avril	*Palilia*	Fête anniversaire de la fondation de Rome
	Robigalia	Fête solaire, sacrifice de chiens roux
Juin	*Vestalia*	Fête de Vesta et de Mater Matuta
Août	*Vulcanalia*	Fête de Vulcain, du feu et des poissons
Octobre	*October equus*	Fête du Cheval d'octobre
Décembre	*Saturnalia*	Fête de Saturne

Les prêtres à Rome

Les flamines

Flamines majeurs : au nombre de trois, ils sont chargés du culte des trois grandes divinités : Jupiter, Mars, Quirinus.

Flamines mineurs : ils sont vingt.

Les pontifes : ils surveillent les pratiques générales de la religion.

Les vestales : elles sont chargées d'entretenir le feu sacré de la cité.

Les saliens : au nombre de douze, ils sont voués au culte de Mars, gardent le bouclier sacré.

Les luperques : au nombre de douze, ils protègent les bergers des loups et assurent la fécondité.

Les arvales : prêtres de la nature, célèbrent la *Bona Dea*.

Les féciaux : au nombre de vingt, ils sont chargés de la diplomatie, frappent les animaux avec un silex lors des sacrifices.

Les interprètes des livres sibyllins

Les corybantes : ils entourent la déesse Cybèle.

Les augures : ils interprètent les signes célestes (vol des oiseaux).

Les haruspices : ils étudient les entrailles des victimes.

Les augustales : ils servent le culte du génie de l'empereur.

BIBLIOGRAPHIE

Auteurs latins et grecs

Ovide, *Les Fastes*, Les Belles Lettres.

Plutarque, *Les Vies parallèles*, Les Belles Lettres.

Suétone, *Vies des douze Césars*, coll. « Folio classique », Gallimard.

Tacite, *Annales*, *Histoires*, Les Belles Lettres.

Tite-Live, *Histoire romaine*, Garnier-Flammarion.

Virgile, *L'Énéide*, Garnier-Flammarion.

Ouvrages généraux

Belfiore Jean-Claude, *Dictionnaire de mythologie grecque et romaine*, Larousse.

Carcopino Jérôme, *Rome à l'apogée de l'empire*, coll. « Pluriel », Hachette Littérature.

Colas Martin, *Le Monde romain*, Armand Colin.

Dumézil Georges, *Mythe et épopée,* « Quarto », Gallimard.

Gardner Jane F., *Mythes romains*, Seuil.

Grimal Pierre, *Dictionnaire de la mythologie grecque et romaine*, PUF.

Hanoune Roger et Scheid John, *Nos Ancêtres les Romains*, coll. « Découvertes », Gallimard.

Robert Jean-Noël, *Les Plaisirs à Rome*, Les Belles Lettres.

Schmidt Joël, *Petite encyclopédie de la mythologie romaine*, Éditions Molière.

Atlas des religions, *Encyclopædia Universalis*, article de John Scheid et Roger Hanoune.

NOTE DE L'AUTEUR

Pour écrire cet ouvrage, il ne fallait pas envisager de découvrir une mythologie latine, car celle-ci n'existe pas à proprement parler. C'est dans des versions différentes, dans des textes littéraires de genres et de registres divers qu'il était possible de trouver les récits fondateurs de la culture romaine, les épisodes légendaires, les éléments épars d'une religion d'apparence variée quoique très ritualisée. On pouvait relire des poètes comme Virgile, Ovide, des historiens comme Tite-Live, Plutarque, des hommes de lettres comme Cicéron, César et tant d'autres. Partout des témoignages, des histoires, des détails à retenir. Il devenait donc nécessaire de faire des choix entre des versions dissemblables, plus ou moins notoires, en optant pour une version qui semblerait pertinente et permettrait une lecture aisée, mais la plus fidèle possible à l'ensemble du corpus et des témoignages.

Raconter la mythologie latine, c'était donc se replonger dans la lecture des grands auteurs, c'était retrouver les épisodes célèbres qui ont été narrés des siècles durant, mais c'était aussi se rendre compte que toutes ces légendes sont indissociables d'événements historiques et de l'expansion progressive de Rome. C'est pourquoi ces récits se sont inscrits dans un déroulement chronologique. Même sans vouloir étudier la mythologie d'un point de vue d'historien, on ne saurait séparer les légendes du contexte qui les a fait naître. C'est d'ailleurs ainsi que la mythologie latine prend toute sa saveur, car elle est relative à la vie de tous les jours, à la construction de la ville et à l'expansion d'un territoire, ainsi qu'au système politique dans lequel elle s'inscrit. À l'issue de ce travail, on peut aussi constater combien cette étroite relation d'une mythologie avec l'histoire a favorisé dans la suite des siècles plusieurs formes de récupération : que ce soient les moralistes de l'époque classique, qui ont souligné la grandeur de l'héroïsme ; les théologiens de l'Église catholique, qui ont vanté les qualités morales et la vertu caractéristiques des Romains et qui insistaient aussi sur le fait que Rome était devenue le siège de la chrétienté ; le régime fasciste de Mussolini qui a exalté la grandeur de la Ville éternelle à des fins nationalistes et politiques... Il a toujours été possible d'adapter les légendes romaines à diverses idéologies.

Mais avant tout il était plaisant pour l'auteur de cet ouvrage de revisiter des récits pleins de péripéties qui reposent à la fois sur des faits réels et sur des situations merveilleuses ou des actions extraordinaires nées parfois de l'imagination des écrivains latins. Sans se préoccuper des récupérations de toutes sortes, on a pu ainsi retrouver le plaisir de recréer des légendes qui ont façonné en partie notre civilisation européenne.

TABLE DES MATIÈRES

TABLE DES ILLUSTRATIONS ET CRÉDITS PHOTOGRAPHIQUES

Couverture
1er plat : Illustration de Clotilde Perrin. © Éditions Gallimard Jeunesse.
Jacques-Louis David, *Le Serment des Horaces*,
détail. © ph. Gérard Blot/Christian Jean/RMN.
4e plat : Illustration de Clotilde Perrin, détail.
Affiche du film de Ridley Scott, *Gladiator*, détail. © collection BCA/Rue des Archives.
Girolamo Genga, *Énée, son père Anchise et son fils Ascagne fuient Troie incendiée*, fresque, détail. © ph. Rabatti-Domingie/AKG.

Supplément illustré
1 Louve du capitole, sculpture en bronze, fin ve siècle, Musée capitolin, Rome. © Pirozzi/AKG. **2h** Monnaie en argent représentant Janus, 235 av. J.-C., British Museum, Londres. © ph. British Museum/Art Archive. **2b** Sacrifice au dieu Mars, marbre, vers 15-16 av. J.-C., musée du Louvre, Paris. © ph. Hervé lewandowski/RMN. **3** Offrande à Cérès ou Bacchus, détail d'une mosaïque romaine, 220 apr. J.-C., musée des Antiquités, Saint-Germain-en-Laye. © ph. Erich Lessing/AKG. **4** Laraire de la maison des Vetti à Pompéi. © ph. Werner Forman/Corbis. **5** Cortège de Cybèle et d'Attis, vers 350 apr. J.-C., argent doré, Musée archéologique, Milan. © ph. Musée archéologique de Milan/Alfredo Dagli Orti/The Art Archive. **6-7** Girolamo Genga, *Énée, son père Anchise et son fils Ascagne fuient Troie incendiée*, fresque, vers 1509, Pinacothèque nationale, Sienne. © ph. Rabatti-Domingie/AKG.
8-9 Nicolas Poussin, *L'Enlèvement des Sabines*, huile sur toile, 1637-1638, musée du Louvre, Paris. © ph. Thierry Le Mage/RMN. **10** Jacques-Louis David, *Le Serment des Horaces*, huile sur toile, musée du Louvre, Paris. © ph. Gérard Blot/Christian Jean/RMN. **11** Jean-Antoine Houdon, vestale debout, sculpture en marbre, 1787, musée du Louvre, Paris. © ph. Jean-Gilles Berizzi/RMN. **12** Henry Purcell, *Didon et Énée*, extrait de la partition, 1689. **12-13** Deborah Polaski, Gaële Le Roi, Jon Villars et Nicolas Testé dans *Les Troyens*, opéra d'Hector Berlioz, mise en scène de Herbert Wernicke à l'Opéra-Bastille, 2000. © ph. Colette Masson/Roger-Viollet. **14-15** *Les Lauriers de César. Une aventure d'Astérix le Gaulois.* Goscinny et Uderzo. 1972. © Les éditions Albert-René/Goscinny-Uderzo. Tous droits réservés. **15** Affiche du film de Ridley Scott, *Gladiator*, 2000. © collection BCA/Rue des Archives. **16** Giorgio De Chirico, *Gladiateurs*, huile sur toile, 1936, Museo civico Revoltello, Trieste. © ph. Erich Lessing/AKG © ADAGP, Paris, 2007.

Avec la participation de Pierre Jaskarzec pour
les annexes et le cahier illustré

Direction artistique
Elisabeth Cohat

Maquette
Maryline Gatepaille
Didier Gatepaille (cahier iconographique)

Cartographie
Vincent Brunot

Loi n° 49-956 du 16 juillet 1949
sur les publications destinées à la jeunesse
ISBN 978-2-07-057164-2
Numéro d'édition : 137167
Numéro d'impression : 86086
Dépôt légal : septembre 2007
Imprimé en France sur les presses de la Société Nouvelle Firmin-Didot